我沒有話要說

——給成人看的童詩

周慶華　著

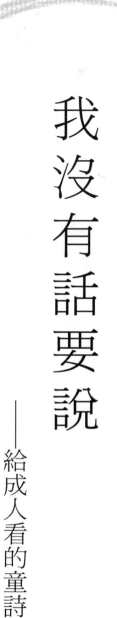

童詩不一定是寫給兒童看的
成人看了童詩也不一定要變成兒童
給兒童看的詩叫童詩
給成人看的兒童的詩不叫童詩
童詩看了兒童變成人
成人不看兒童後變童詩
兒童和詩
詩和成人
都是也都不是
可以了
我沒有話要說

序：綴語出新編

余崇生

談到詩歌這一文類時，在腦海中泛起的是一種綺美的景象，它是那樣的柔和幻麗，輕柔舒活，淡淡如一抹流雲，涓涓像山澗的細流，它的文語設意與經營則是那麼的精緻深刻。杜甫在〈丹青引〉裏就有這樣的兩句詩：「詔將軍拂絹素，意匠慘淡經營中」。杜甫是大詩人，作品相當豐富，他將天寶年間所見所聞，社會現狀均為其詩作的內容體材，留下讓後人誦其詩而見到了當時社會的各種圖景。這些點滴寫照，它是歷史，也是文學遺產。於是我們或許可以這樣說，詩人在寫作描述某一社會見聞時，其實他是在做歷史的見證工作。然而詩的寫作，在詩人的心中它是離不開藝術與美感的範疇的，所以前面所提到意匠一詞，其實應該就是指這一概念而言。我們知道詩人提筆作詩，他的心緒波動猶如畫家作畫時心意的籌度；換句話說，就是要費一番慘淡經營的功夫。如果我們把這思考拉得更寬廣方面來看，我們在詩詞中講究的興趣、神韻和境界，西洋詩分古典、浪漫、象徵和現代等等的不同流派，形式多樣；雖然如此，但不論採何種體式來寫作，其必然是要經過作者一番細心籌度經營過程的！

詩的表達除體式的經營外，更重要的是內涵及言外之意了。對於這點，或許我們可以稱它為詩的「魔力」，就如詩人佛洛斯特（Robert Frost）曾提到「詩是文字的表演」（A performance of words）。詩人的任務除把某種主旨（theme）傳達給讀者外，還有就是文字優美的韻律傳達，詩的形式構築與內容的相融接合是不可分離的！然而在此，我們可以追溯到過去，現代的藝術與文學和前一世的作品相較而言，無論在精神和技巧的運用上都大不相同。二者之間，最大的差別方面，或許我們可說，近代的藝術是「自覺」的，而所謂「自覺」的意義，就是藝術家對自己個人的任務，其目的和社會之間的關係之審視與探討！再而至於這些藝術思維的情形，當然擴及到了音樂或文學，而其中最明顯的應該就是——詩這一文類了。於此還有不可隔離開來的是有關詩心之淳厚，詩情之高遠等方面的掌握與提煉了！

最近讀到周慶華教授詩集《我沒有話要說》，集中收錄了他最近所寫的詩作約有六十餘首，詩集的副題是「給成人看的童詩」，內容有見聞、有隨想、有旅遊及生活點滴，含括面相當廣。其實周教授平時主要是在學術研究，而至於詩歌的創作應是他的副產品吧！雖然周教授強調這本童詩是屬大人閱讀的，但是在表達上則有幾分追仿童詩的情趣，比如：

這就對了
總要有一張這樣溫馨的照片
證明我們猴子並不是吃飽沒事幹

你看那隻流浪狗涎著口沫　癡情的
望著阿丹手中的半塊麵包
世界從此靜止不動似的
咬一口留給明天無常的飢餓
……………

（〈猴子要改運〉）

又如：

一圈
二圈
三圈
四五圈
六七圈
八九圈
十圈
數過了夏天還有冬天

蜻蜓不要來攪擾
這是我跟池塘最新的誓約
只要一粒小水滴滑過我的脊樑
就會凍成她臉上深深的紋溝
…………………………

我得繼續數數兒
不然很快就會保守不了今天才發生的戀情

（〈漣漪〉）

詩人所捕捉到的靈思十分的輕巧童趣，一種自然天真的情韻流露無遺。詩人的意構可說是由平時的見聞而來，這樣自然的詩想積澱以及昇華當然是來自詩人的平時細心觀察，同時其中也隱含了作者個人的哲思抒發，所以詩人自己會有如此地說：「童詩不一定是寫給兒童看的／成人看了童詩也不一定要變成兒童」，從這裏便清楚地點明了作者在詩情的表達上的思構與用意了！

說實在的，一首詩歌，假如能教人在閱讀時，不僅能注意到它的內容，更能注意到它的構設形式，那這首詩應該可以說是天衣無縫了！在閱讀周教授的詩作時，給人的感覺是詩感的深邃以及內容智慧的充實，若再深層地細探，不難發現每首詩都是一幅社會生活縮影，反映時代氣息，生活情趣，或個人沈默的抗言等。綜觀而言，詩人意境的層面世界十分寬廣，即使短篇數行，其中隱含的奧義托諷也頗令人感動深刻！於此謹略抒個人對周教授《童》詩集讀後的斷片感想，不敢言序！

二〇〇七年春天小寒寫於市立教大勤樸樓中語系研究室

目次

我沒有

長頸鹿的日記

你絕對想不到
無尾熊不再爬樹是從談戀愛開始的
那天一位小女孩把他摟在懷裏
他立刻露出陶醉的表情
晚上他被小女孩蓋上被子後　還
舒服的做了一個夢
夢到小女孩變成他的新娘
袋鼠從遙遠的地方捎來一封信
說人熊怎麼可以結婚　就像

貓鼠不能同籠一樣
你還是死了這條心乖乖的回來
尤加利樹的葉子已經濃得不能再濃了
你快爬上去把它修剪修剪

最後他決定繼續做夢
不是爬樹太辛苦　而是
愛情很甜美很可口
他不必告訴小女孩這種感覺
小女孩都主動的把它收藏起來了
我得退出這場競爭遊戲
回去我們非洲草原看守快要焦黑的天空

蟬的世界

作為一隻看不到冰雪的蟬
如果我不多叫幾聲
高傲的企鵝和冬眠的蛇
怎麼會知道我也懂得寂寞
再說不論是菩提樹還是尤加利樹
都需要我唱歌給他們聽

你沒有嚐過太陽的毒辣
你也沒有挨過強風和豪雨的悶虧
自然不會了解有人住在朝不保夕的鬼地方

必須用聲音來呼喚自由和奔放

不停絕對不停
從清晨到傍晚
從月初到月末
我就是要和我的同伴
一起唱完這單調的季節

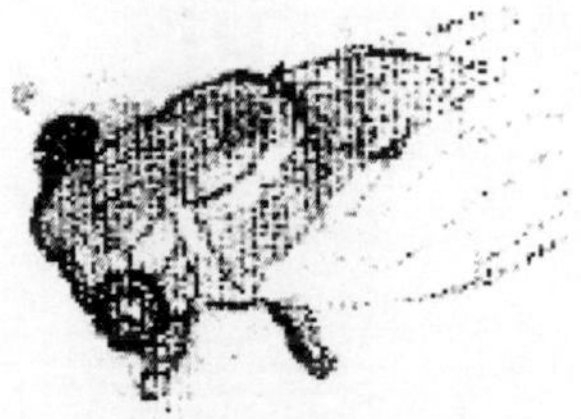

猴子落難記

就知道會有這麼一天
鐵剪應驗了人類的詛咒
一隻手和一隻腳停在
血腥的空檔裏等待救援

不要看我們無辜的眼神
它剛剛從藍色的夢中跌落
還分不清是心在痛還是指爪在痛

如果真的要怪罪我們

那就給一塊種滿果樹的地
我們永遠不再遷徙
不然也得讓齊天大聖回來重建花果山
還給我們一個猴兒的天堂

附記：報載臺南縣南化烏山野生獼猴多隻遭捕獸器夾住手腳，痛苦掙扎，拖地而行，有感而作。

馬家的鳥

「誰呀，我在樓上！」
郵差枯等十分鐘
又無奈的撳著門鈴
「誰呀，我在樓上！」
郵差撳下門鈴
繼續又枯等了十分鐘
隔天遇到主人
郵差神色慌張的說
「馬先生，你們家有怪事！」
主人報以一陣呵呵的笑聲
「都是那隻鸚鵡搞的鬼！」

附記：有一次聽馬景賢先生演講，提及他家一隻鸚鵡會學人說話。不明究裏的郵差來送掛號信，還被「愚弄」了一番。覺得很有趣，而作了這首詩。

鸚鵡學舌

自從學會主人的口哨後
巷內的大嬸就天天提心吊膽
又來了　又來了
那個聲音幾乎可以搧動兩片緊貼的樹葉
她不敢回頭　快步走
又忍不住瞟了草叢一眼
正好撞到迎面而來的馬先生
「我告訴你哦，我們這裏好像有壞人！」
馬先生揚了揚眉　得意的說
「那個壞人就在我家！」

附記：這也是馬景賢先生的故事。他家那隻鸚鵡果真把一位上了年紀的大嬸嚇得「花容失色」！

狐狸淪落記

拋棄山野
遠離水澤
來到都市叢林
只為了討口飯吃

我們三五成羣躑躅在大街小巷
活像造市期間那些神氣的狗黨
沒有流浪漢跑來驅趕喝斥
住在深巷裏的婦人偶爾還會收容我們
只有受不了一些汽車冷冷的丟下半袋食物

那是多麼的折損我們半世的尊嚴

有人要拍照了
大夥趕快挺起胸膛
這是倫敦的街頭
我們就要出名了
管它家園是否還在遭受蹂躪和荼毒
也許不久的將來我們會從這個地方　看到
再造狐狸王國的希望

附記：看電視報導英國倫敦街上常現狐狸身影，有感而仿擬。

也是戰場

已經幾年過去了
臺灣國裏還是沒有我們猴子的地盤
柴山那邊的羊乳不能偷吮
武陵農場有人想要殺雞儆猴
二水的桶柑和鳳梨叢中藏著閹猴刀
逼得我們只好躲進竹林等待龍眼樹上
那幾粒泛黃的希望

如果水蜜桃園不再圈起鐵絲網
高麗菜心也不要裹著農藥

我們鐵定吃完就走人　明年再回來
現在你們放鞭炮又兼恐嚇
動不動就吊隻死雞引誘我們破戒
把這裏搞得像一個不夜的戰場
還說我們是新世紀最大最大的無賴

附記：報載猴子為患果園，被農民想盡各種辦法驅離，有感而發。

猴子要改運

這就對了
總要有一張這樣溫馨的照片
證明我們猴子並不是吃飽沒事幹
你看那隻流浪狗涎著口沫　癡情的
望著阿丹手中的半塊麵包
世界從此靜止不動似的
咬一口留給明天無常的飢餓
再舔一下代替先前少給的掌聲
我們猴子已經算計好了牠會成為新聞
忍耐點　阿丹
記者先生按下快門就會走人

附記：報載印度波帕耳的街頭有一隻猴子把麵包分給一隻小狗吃，像極做母親的在哺乳，有感而作。

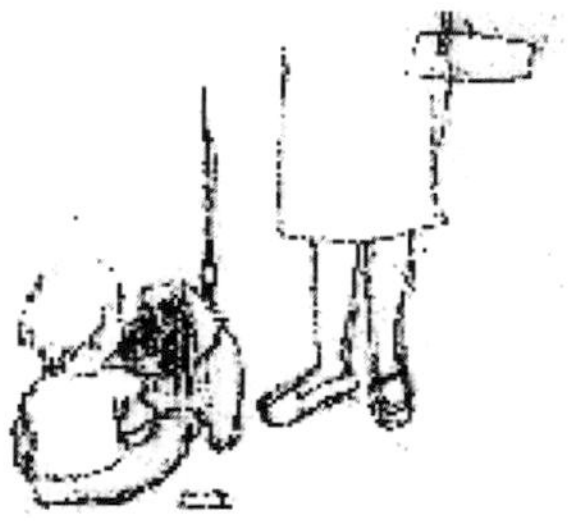

雞夜啼

白天的舞臺都給黑蟬霸佔了
青蛙混濁的合唱只好留到夜晚
蟋蟀伴奏兼催場
我一隻失眠頹廢的雞
眼睛閉了無數回
還沒有等到一個夢

如果喊一喊
可以把青蛙趕走把蟋蟀嚇跑
我真想這麼做

隔壁的哈利睡得像死豬
他是不會爬起來吠幾聲的
那麼就我自己動手了
喔喔喔
月亮被我叫醒了。

獼猴的告白

人類都在復仇
我們猴子卻整天挨餓
山羊說這是什麼鬼世界
你們要吃就來吧
大夥一隻接著一隻
吸完了這半邊的乳汁
再去偷叼一根甘蔗
然後回到樹上躲避哨音和追殺
記者先生別逼問了
我們只不過是最新的難民
得機靈點才能活命

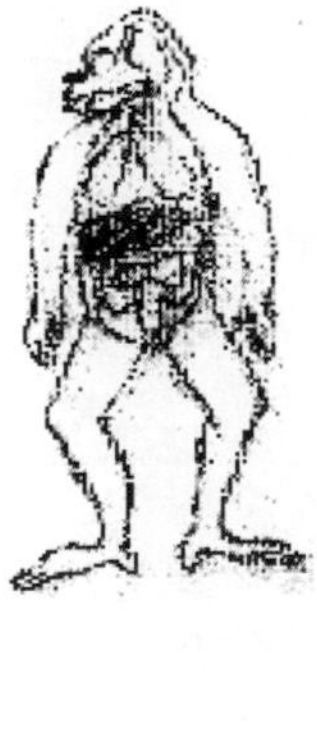

附記：電視報導臺灣南部柴山附近一養羊人家，遭獼猴偷吮而擠不出半滴羊乳，現十分無奈狀，有感而作。

文明病

四個輪子代替腳走路的時代
就是這個你我都不想看的樣子
馬路不再是給馬走的
喇叭只侷限在吹衝鋒號
還有狗兒從此沒有了穿越車陣的權利

河邊有一羣牛低頭吃著青草
白鷺鷥停在他們的背上也不會去趕他
流水白雲陽光和著涼風
這是他們獨享已久的世界
但我一隻小小的蜻蜓卻飛不過對街
尋找被車聲驚嚇失散的伙伴

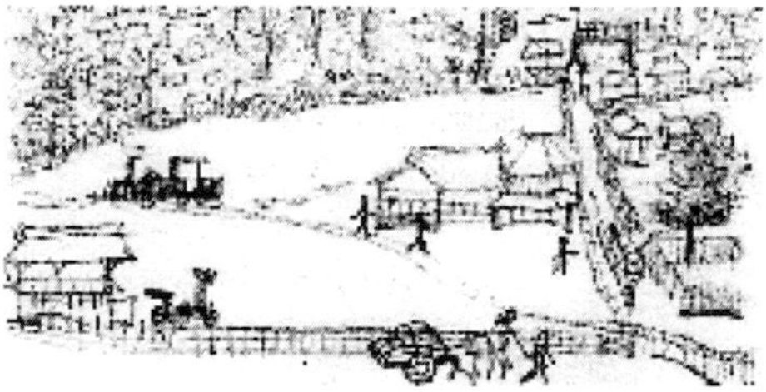

豬仔大翻身

這年頭禍比福多
我們豬仔一族決定改行學算命
老水牛的運氣最好了
糧草從去年囤積到今年
那羣白鵝也不賴
始終擁有一座天然游泳池
狗就比較倒楣了
自從錯過了一個小偷
就常被主人鞭得哇哇叫
雞和老鼠是一對寶

會生蛋的教不會生蛋的去偷米
不會生蛋的偷了米
就催會生蛋的趕快下蛋
免得人家起疑心
他們都想知道將來的運勢
只好公推最歹命的豬仔出來主持大計
這是我們這輩子特大的使命
一定要把它搞好

博士狗

東村有隻愛讀書的白毛狗
撐過無數的淒風苦雨
終於掙到了一個博士頭銜

西村有隻愛追博士的黑毛狗
閑來沒事就欺近人家身邊狂吠亂叫
結果被博士的單車輾斷了一條腿

這一天兩隻狗在廟埕上相見
白毛狗說這不是我們博士的錯
黑毛狗說不是你們博士的錯才有鬼

我沒有話

石敢當

只要我守住通道
主人就可以安心的睡覺
官運和財運休想從我的眼前被搶走
左前方有幾個懶鬼聚在一起密謀擋路
右前方有一羣遊魂作勢正要衝過來
我都看見了
卻無法採取行動
你如果要怪就怪鄰家的小黃
昨天牠灑了我一泡尿
到現在還清理不完渾身的騷味

花的聯想

一排杜鵑花一排曼陀羅花
一排桃花一排李花
一排杏花一排梅花
不是一排是一片
不是一片是一山
不是一山是一地
不是一地是一天
不是一天是一宇宙
不是一宇宙是一顆心
明年還要來金針山尋找風和樹的戀愛

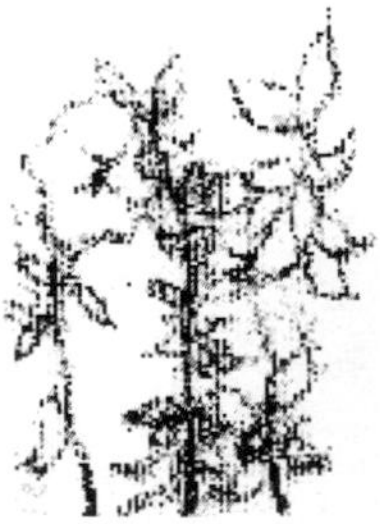

蚊子和耳朵的對話

我還活著
還活著
活著

你快死了
小不點兒

不要叫我小不點兒
我是一隻蚊子
一隻還活著的蚊子

那我耳朵也不會給你
大不點兒

這裏沒有大不點兒
只有一隻蚊子要娶你耳朵

你會後悔的
我主人的巴掌在等著你
就是現在

啪
天堂的樂聲響起
一隻蚊子牽著一片肥大的耳朵
走進地毯的那一端

附記：非洲流傳的一個故事說：「蚊子在人的耳朵旁嗡嗡叫，要耳朵嫁給他。耳朵聽了禁不住笑倒在地。『你認為你還會活多久？』耳朵問，『你已經骨瘦如柴！』受辱的蚊子飛走了。以後只要他經過耳朵身邊，就不忘告訴她說，他還活著。」

大象殺人

都怪我講不出話來
不然也不必讓鼻子氣到把那個人甩出去
現在可好啦
他慘叫一聲就閉嘴了
我還得去警察局投案

問題是誰會相信討厭聒噪是殺人的理由呢
就算張三李四王五都看到了
他們也未必知道我是要殺噪音而不是要殺人
結果噪音是從他的嘴巴發出來
我只好把他殺了

殺一個人和踩死一隻老鼠究竟有什麼區別
我實在不知道　也許
等動物法庭開張後就會有公平的裁判
現在我快到了警察局
希望那裏有地方可以拘留我

附記：據說泰國有隻大象嫌一個男子絮聒不休，立刻用鼻子把他捲起猛拋出去，該男子當場斃命，然後大象頭也不回的走去警察局。

沒有了啼叫聲

三月的清晨
遠處有汽車的鼾聲
公雞不叫了
大家都在等待太陽的呼喚

我懶洋洋的不想起床
只好拿夢兌換一天的清閑
看看那些不叫的公雞那裏去了
太陽還在醞釀被吵醒的力氣

這是三月裏的清晨
沒有了公雞喔喔的聲音
太陽不想起床
我也忘了汽車是否要繼續打鼾

最後地圖顯示
整個世界包裹在一座無名的山中

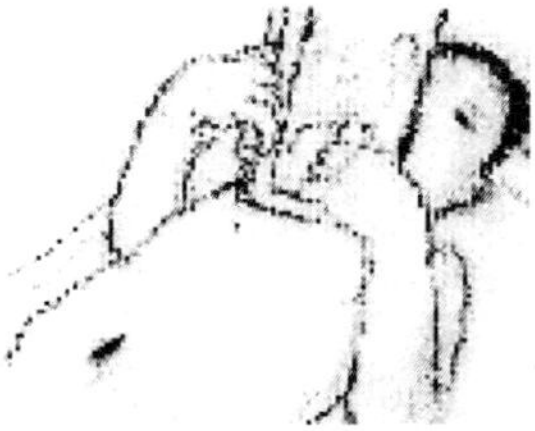

焚風

剛開始　天空
只是多了一些烤紅的雲
然後都蘭山下就翻起熱浪
一波一波的衝向每戶人家的窗口
我們用冰剩的夏天跟它搏鬥
結果驚嚇到所有的電源開關
一個一個癱軟成期待援手的救護軍
都忘了陣亡

現在地上已經有燒焦的味道
一陣一陣的掀動我們失靈的鼻翼
如果還看得到枝頭上鳥兒隱遁的影子
就不可以在這個時候狂說自己的英雄事蹟

那邊慢出場的雨和蜻蜓　請問
是否準備要接收一顆滾燙圓不了的記憶

交通工具的故事

牛車換成馬車
馬車換成三輪車
三輪車換成火車
火車換成汽車
汽車換成飛機
飛機換成電視
電視換成網際網路
網際網路牽連著你我寂寞灰色的心
我得告訴爸爸我也要換媽媽

埡口見聞

霧飄上山頭變成雲
雲堆著雲游走變成御用的馬車
馬車驛動就有戰爭發生
天上的鳥和地上的獸　都得
退到一旁等候裁示
會飛的歸給會飛的天神
不會飛的歸給不會飛的地祇
然後土地和河川繼續生產
戰爭的機器不屬於人
太陽和月亮會見證

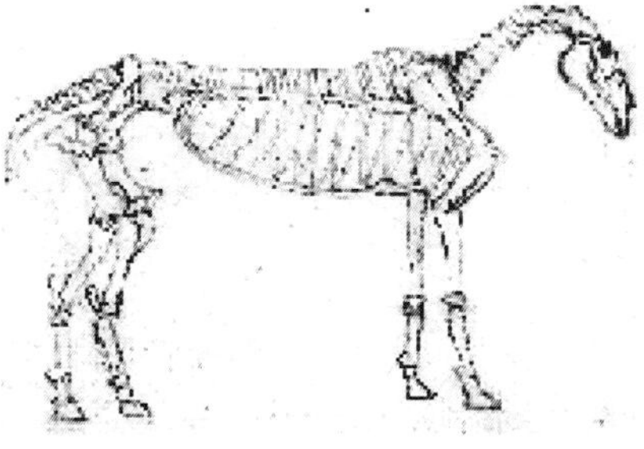

漣漪

一圈
二圈
三圈
四五圈
六七圈
八九圈
十圈
數過了夏天還有冬天

蜻蜓不要來攪擾
這是我跟池塘最新的誓約

只要一粒小水滴滑過我的脊樑
就會凍成她臉上深深的紋溝
偶爾熟透的欖仁果飛離我的枝椏
也會躍入她清澈的眼眸去享受一季碧綠的撫慰
你說這裏還缺少什麼
沒有沒有絕對沒有

我得繼續數數兒
不然很快就會保守不了今天才發生的
戀情

臺北的天空

一架飛機
二架飛機
三四架飛機
飛來飛去
雲和風箏不知道怎麼玩追逐遊戲

有人看不過去
拿起畫筆來擦拭風景
雨天灰濛濛
晴天也灰濛濛

到了晚上
沒有一顆星星敢睡覺
他們睜大眼睛
看著下面燈海裏自己的倒影
突然覺得越來越渺小

又有一架飛機衝進來了
隱約中傳出淡水河的嗚咽聲
他已經擁抱太多這種生猛的熱情
就快要躁膩而死了

最後大家都在觀望
一次拯救天空的行動

招潮蟹

招潮蟹來
招蟹潮來
來了潮蟹就招風
漫步沙灘的青蠑這樣說

潮來蟹招
蟹來潮招
招了潮蟹就不招風
飛掠天空的灰鴿這樣說

來蟹招潮
來潮招蟹
潮蟹都招就招不招風
頹坐石堆的枯木夢見潮蟹這樣說

兩個遊客從岸邊急速的撤退
翻滾的浪花裏有潮招蟹蟹招潮的論辯的回音

東狗吠雷

今年夏天第一道響雷
震開了乾癟的雲氣

天空開始哭了
那興奮的淚水傾洩在焚焦的土地上
換來一條河連聲的歡呼

看著急竄的閃電
四處欽點被雷聲驚爆的汽車防盜鈴
我一隻剛嚇醒的臺灣邊陲的狗
到底要幹什麼　才能計算出
剎那間活著的長度

哦　對了
我要像「蜀犬吠日」一樣
面向還在轟隆轟隆的地方瘋狂的叫它幾聲

斑馬

如果不是那個叫做畢卡索的人
偷了我們的紋線貼在他的屁股上
我們也不會多了一個古怪斑馬的封號
你看草原上花花綠綠的動物
有的搽脂抹粉有的穿著迷彩衣
從來沒有一個妝扮得像我們這麼優雅
就是這黑白兩種顏色相間橫列
嫉妒了所有的囚犯和奴隸　以及
猶太人吉普賽人和你想得出來的下等人
統統訂做一件套在身上
你說他們是被強迫的
那好了你去幫我們找債主討版權稅

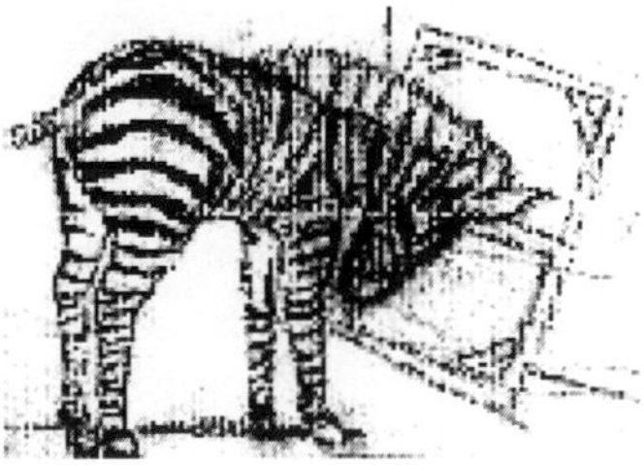

請聽我們的心聲

不是我們愛長這麼茂密的
都怪那個年輕人在這裏趺坐就是好幾年
他頭上缺少的毛髮就由我們代替他長了
你說這不是最好的理由
那就請颱風來的時候不要像搖呼拉圈
他搖著搖著我們都想騰空而去
好了　那邊有一隻小狗走過來
他是來溺尿灌溉我們的
啊　糟了
今天的尿騷裏有甜甜的味道
快點告訴他可能得了糖尿病

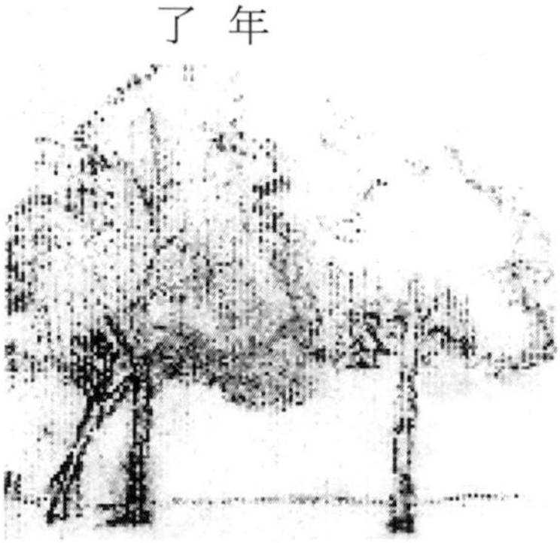

附記：校園中兩排靠近教室的菩提樹，因為逼迫窗戶，危及安全，一律被從中截斷，見狀甚為不忍。

南橫上的枯木

就要渡過五個年頭了
我們所以沒有倒下
只為了頭上還有一片藍天
寒冬的季節它給我們溫暖
炎夏來臨它又讓我們重燃希望

偶爾還會有成羣的烏鴉為我們裝飾另一種風景

你看那些漫飄的霧　就是
皺不過我們突刺的枝幹

等到薄暮時分
你就知道只有我們準備抗拒黑暗
但已經沒有選擇前途的機會了
我們是一羣過河卒子

車龍

不是我們喜歡接出一條龍的
要怪就怪天氣太熱
讓路一邊冒汗一邊扭曲著身子
還有兩旁的建築物也都垂下來擋住大夥的視線
我們的喇叭才不願意停止抱怨的
警察不用再吹哨子了
一條龍走後還會出現另一條龍的
如果你嫌棄這個世界沒有什麼道理
就用一塊布把它蓋住
隨便你粧點顏色　不然
叫鳥來拉屎也行

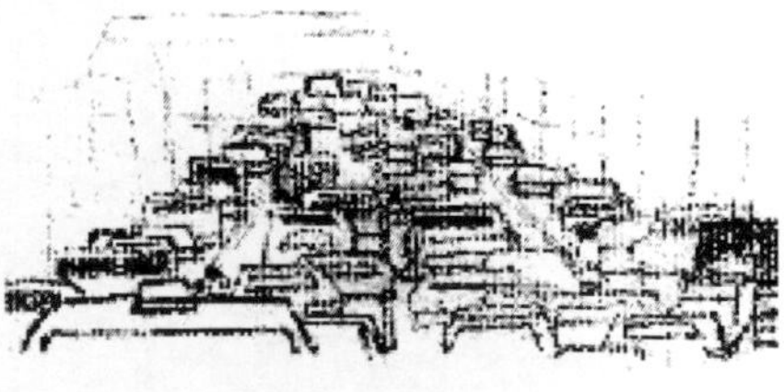

坐飛機

雲層的上面還有雲層
雲層的上面還有雲層
雲層的上面還有雲層
雲層的上面一架飛機穿過雲層

淡藍的天和深藍的海　合力
包著遊子一顆噗通噗通跳躍的心

問將

方向盤排檔桿油門
他操控了一個車子的世界
沒有人敢喧嘩
他還要問鼎一條馬路的英雄
剎車儀表板喇叭
統統臣服於他　就像
他房裏擺了很久的玩具
今天豔陽高照
我們要用嚇剩的心情問他
如果旁邊坐了一位美女
你還會開快車嗎

誰長大了

那一天媽媽說她不要餵食了
我就開始坐在高腳椅上自己扒飯
對面姊姊老是翻著一本厚厚的漫畫書
她每吃一口就傻笑一次
我實在看不下去那副樣子
最後決定敲桌板表達我的抗議

媽媽還是不理我
我只好把彈出去的麵條撿起來再嚼
然後將身體扭動得像地震一樣
看看還有誰能忍受這種待遇

姊姊終於傻笑完要尿尿了
我可以乘機抹個口水在她碗裏
等她回來品嚐

附記：一天上麵館用餐，看到一位小妹妹獨自「奮戰」一碗麵拌飯，有感而作。

我坐在東海岸上

車開不開都無所謂
我已經決定了
路的一邊是海的一邊是山的
中間沒有人要的全歸我
小野柳的豆腐不要笑
我坐一下也不會妨礙風化
還有都蘭的河水小心爬累了跌下來
你不看看東河的吊橋是怎麼斷的
再過去聽說有個漁港最喜歡誇耀了
一天到晚都要人家叫他成功
我看只有三仙臺和石雨傘最無辜了

一個自從留不住仙人的鞋印後便換來一座拱橋的詛咒
一個還沒有嚐到愛情的滋味就在苦撐一季又一季的烈陽和冷雨
呵呵　我這樣一坐就到了大港口
轉眼石梯坪也將要送給我沁涼的海風
遊客們都別進來打擾
我要靜靜的看姑娘孵夢

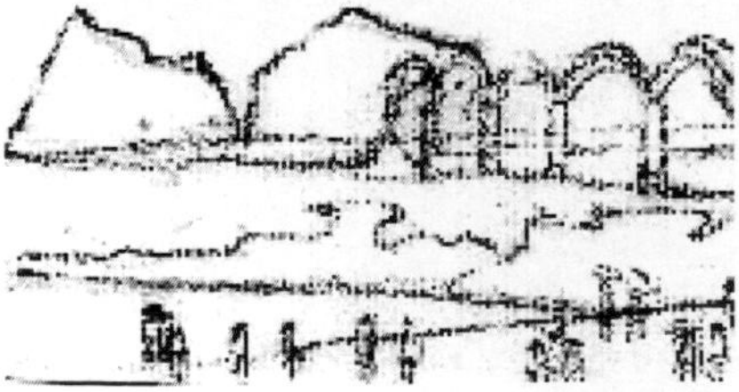

黃金海岸

一隻迷路的狗
闖進了一片澄黃的世界
牠緩慢地踱著
雕刻出一道蜿蜒細碎的腳印
海水簇擁上來
抹去當中的幾段
牠沒有回頭
繼續迎著從山坳吹來的風
開始想像未來的旅程
兩隻蒼鷹在上空很快的推算出牠過去的身世
還有什麼可以形容被人遺忘的這個時刻
狗要找尋牠的家

土石流

我們也不想離開的
如果不是山越來越瘦削
如果不是太陽的火焰難當
我們也不必藉著一場豪雨逃出家園

果菜還來不及長大
檳榔樹也有待開花結果
我們都不想再跟他們作伴了
因為他們無法在地震中保護我們

現在我們都到了平地
有的呆在河床等待溪水的洗滌
有的衝進馬路民宅充當英雄
太陽的熱力不再對我們構成威脅

什麼
你說有人丟掉性命
那一定是你在開玩笑
我們從來不知道一個受難者也會害人

捷運物語

從蒸汽火車到柴油車到電聯車
我們車子一族始終有著完美的紀錄
比如穿梭在忙碌的城市和城市間
吞吐著最不受歡迎的人潮
然後默默品嚐漫長旅程的孤寂

如果要細數這一世的心情
無止盡的跋涉中不能缺少冰雪的記憶
每一次的暴風雨過後都想換成山野的容貌
你不能說命運虧欠我們什麼
本來就沒有人可以退回他誕生的地方

現在我們又被趕進地下
充當起黑暗世界的英雄
看不到陽光的顏色
關心不了花兒的綻放
只好任由無處伸展的轟隆聲來嘲弄

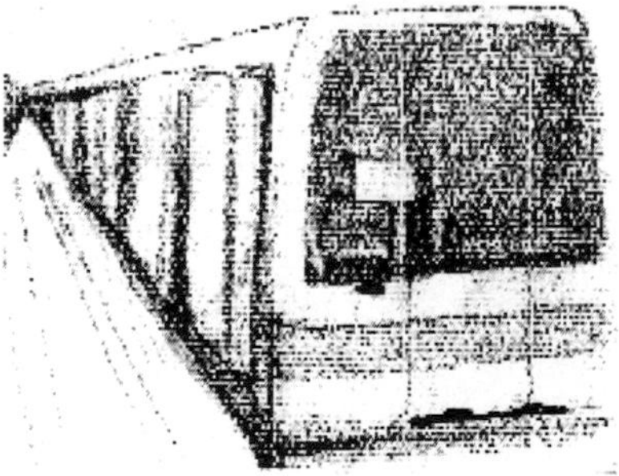

颱風

幾個風神在玩耍
一會兒跳上
一會兒跳下
不久就凝聚了一團霧
地球看見後
很想帶霧去長跑
風神緊緊抱著不肯放手
一拉一扯間
把海水搧得鼓脹了起來
太陽皺皺眉頭
躲到千里外觀看動靜
他決定等雙方都戰累了
再出來收拾殘局

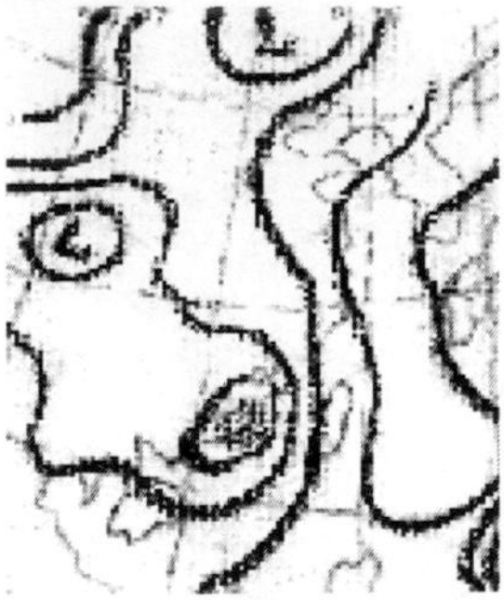

獨木舟

再燒一次
我還是一隻獨木舟

史前博物館那場火災後
每天傍晚都會傳出這樣的聲音
雅美族的勇士
走過來俯視焦黑的屍體　說
我們會讓你復活的
從此史前博物館的長廊上
多出了幾陣狂笑

如果不再燒一次
我還會是一隻獨木舟嗎

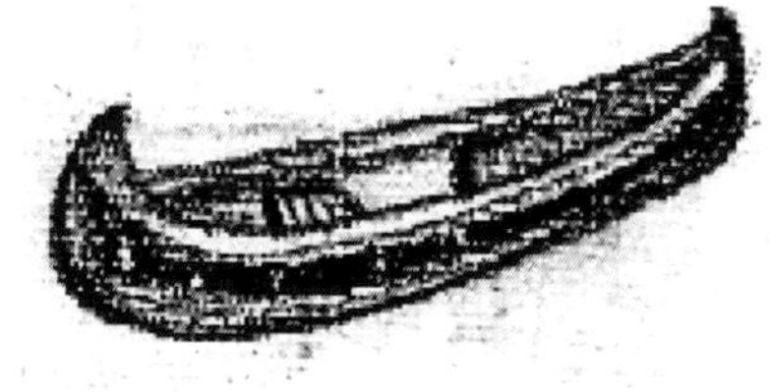

我沒有話要說

資優生

一隻毛色跟人家不一樣的山羊
在草地上緩慢地踱著
他不敢靠近沙堆跟猴子搶鞦韆
水塘裏的河馬也擺著不歡迎的姿態
所有同伴都成羣結隊的去旅行了
臨走時還刻意抬頭露出黑得發亮的胸毛
剩下唯一的蜻蜓不高興就停下來啄他的鼻子
他再也無法忍受這樣淒冷的早晨的空氣了
決定明天起就跳級到都市人住的地方當新生

新生訓練

排排坐
沒有人發點心
臺上瀑布般的講話聲
不停地沖刷大夥的腦門

學過禪坐的兔子最早打盹
始終擺著高雅的姿勢
只有猴子和長頸鹿不愛睡
一個搖屁股一個歪脖子
想探聽今天會不會有餘興節目

優等生白山羊
端正的坐在正中間
永遠一副等待領獎的樣子
根本不在乎旁邊兩隻小浣熊已經玩得樂翻天

獅子校長最後出場
他說今年的新生特別乖
在側面監看動靜的河馬咕噥了一句
為什麼校長每年都要這樣說

開學第一天

很久就商量好了
校長扮成人樣跳踢踏舞
主任最好能扛著汽車走路
老師當巫婆兼掃地

只是學生看的很不開心
他們說獅子校長舞步太笨重
河馬主任動不動就摔跤
猩猩老師變不出絕招法術
很懷疑這是不是一間動物學校

大家終於決定
明年這個時候請家長來表演
如果有學生要丟雞蛋
學校出錢

校外教學

烤肉去嘍
校園內迴盪著一股歡樂的氣息
獅子校長宣布這次的校外教學要讓它色香味俱全
他還說他準備空腹來吃個不飽不歸
河馬主任忍不住偷笑了起來
心想不吃肉的學生去那邊要做什麼
猩猩老師會意後緩緩吐出一句話
我們可以「烤菜」

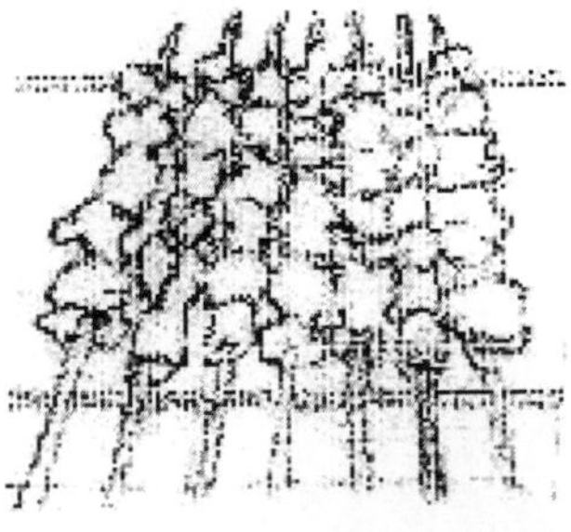

時間終於到了
大夥在兩座山外的溪邊升起了火
各自料理計劃好的烤肉大餐
兔子嚷著要烤葫蘿蔔
長頸鹿已經抓起一把青菜鋪在鐵網上
白山羊遲遲不敢說他喜歡吃什麼
猴子和浣熊根本不會做事
卻樂得到處去打游擊
最後大家一起來到獅子校長旁邊
看看他究竟在烤些什麼東西
哈哈哈哈
居然沒有火也沒有肉
獅子校長一身鬆軟的癱在草地上

他勉強坐起來說道
如果不是當了校長改吃素
體力差一點　不然
一定可以追得上剛才那隻山豬的
河馬主任乘機向他建議
以後校外教學最好用外燴
免得大家累得像一條狗

補遠足

上次校外教學不夠盡興
獅子校長說那就再玩一次吧

大夥提議到月世界遠足
因為聽說在那裏可以驚奇的遇到地球的心跳
河馬主任還帶了幾樣樂器
預備辦一個專屬於我們動物的狂歡大會

走在黃橙橙的地面上
好像感覺到一點咚咚的躍動聲

獅子校長說那是地球遭受撞擊後的餘悸
大家不知道什麼叫做餘悸
河馬主任馬上解釋　它
就像花草樹木都不敢長出來那個樣子
猩猩老師搖搖頭說
還是不要解釋比較好

兔子走到光禿禿的山丘前面
突然想起他的同類還在月球上辛勤的工作
要求第一個表演搗藥的節目以示崇敬
長頸鹿願意扮演吳剛陪他在旁邊砍伐桂樹
接下來是樂器合奏和模仿大賽

猴子抓起吉他自彈自唱變調的「明天會更好」
小浣熊手忙腳亂的秀了幾招撲克牌魔術
猩猩老師應大家請求跳了一段肚皮舞
河馬主任吹口琴兼打鼓偶爾還會嘶吼幾聲
唯一不會彈奏和演唱的白山羊
只好陪著獅子校長當觀眾

夕陽下山前
大夥興高采烈的沿著原路回家
走在前頭的獅子校長
已經暗中下定決心要把動物學校改成獅氏綜藝團
明年起到世界各地巡迴演出為動物爭光

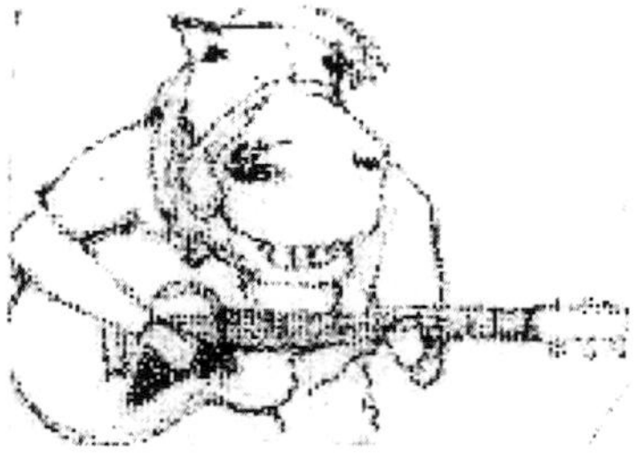

訪客

有一天午後
教室外飄來陣陣的清香
眼尖的猴子第一個跳起來嚷到
是迷你馬耶
大夥都轉過頭去
張口結舌的望著迷你馬曼妙的身影
長頸鹿奮力佔了一座窗臺
獨自失神的流了滿地的口水
只有白山羊最鎮靜
似笑非笑的把眼光移到另一邊
對著玻璃窗梳了兩下頭髮

晚餐的時候
獅子校長把前來遊學的迷你馬介紹給大家
還請她坐在座位中間享受獅式特餐
小浣熊一直想要挨過去
猴子很快就把他抓了回來
並且警告他不可以想入非非
猩猩老師早就手足無措的頻頻掉下飯粒
河馬主任也神情恍惚的忘了用力咀嚼
心裏想著這是不是叫做芳心大動
已經結紮的獅子校長
最後向大家宣布
迷你馬的丈夫後天就要來接她回去
突然間座位下紛紛傳來碗盤跌落的聲音

送舊晚會

動物學校要改名字了
獅子校長說這是僅剩的最後一班
沒有人為你們迎新那就自己來送舊吧
大夥很想念迷你馬
還有烤肉和月世界狂歡

河馬主任偷偷拭了生平第一滴眼淚
猩猩老師仍然懶懶的斜靠在他的椅背上
長頸鹿和兔子也忍不住紅濕了眼眶
許願的差事就留給猴子和小浣熊

他們總是最先想到什麼遊戲最好玩
至於白山羊他早就打包要換地方繼續當優等生了

晚會中有月琴表演
河馬主任把它扯斷了一條絃
他說這是吉兆不是凶兆
大夥照常唱歌跳舞一直到深夜
獅子校長最後承諾獅氏綜藝團成立後
如果缺小丑他可以充當
不過好像沒有人相信肥胖老醜的小丑
也能夠保證票房

河邊風光

微風輕輕的挑起河邊的花香
蜻蜓追著蜻蜓蝴蝶牽著蝴蝶
四隻白鷺鷥圍在一頭水牛的身旁

青菜好吃吧
不錯哦你想試試嗎

河邊的花香捲起輕輕的微風
蝴蝶拍著蜻蜓蜻蜓吻著蝴蝶
一頭水牛的身旁還是站著四隻白鷺鷥

你要加點調味料嗎
好啊你們有什麼呢

鹽巴味精醬油統統加上去了
最後一隻吐不出東西的白鷺鷥叼來一條蟲

看吧我給你添了一點肉絲
啊不好啦我破戒了

水牛慘叫一聲
然後向遠處跑去
又有一陣風輕輕的吹起河邊的花香

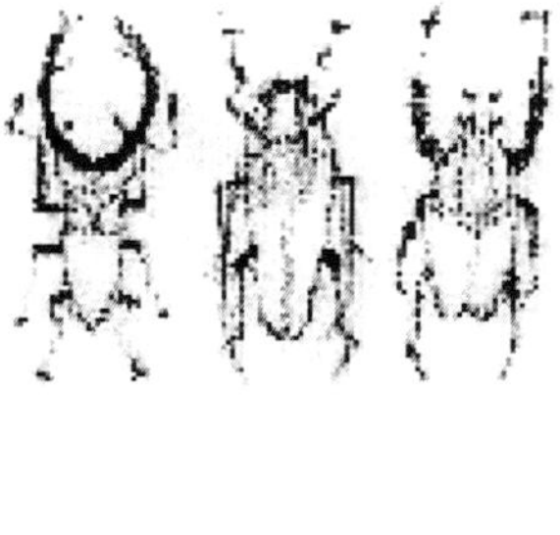

河邊風光續曲

你為什麼害我們兄弟哭得那麼傷心

黃昏一切都靜止了的河邊
突然颳起一陣低沈的騷動
四頭水牛圍住一隻落單的白鷺鷥

我只不過請他吃一條蟲而已

一切都靜止了的河邊的黃昏
騷動突然颳起又擴散了開來
一隻落單的白鷺鷥仍然困在四頭水牛的中間

那你得給一點補償

白鷺鷥低頭吃著四周的青草
水牛滿意了要轉身離去

你們忘了什麼嗎
啊完蛋啦

四頭水牛望著沾滿油漬的草地
接連淒厲的叫著
一陣低沈的騷動又颳向河邊的黃昏

河邊風光尾曲

自從水牛的生活被攪亂後
河邊就多出了一些耳語

他們戀愛了
可不是嗎

白鷺鷥走向河邊清洗嘴角的草屑
沒有風吹過

小孩就要出生了

聽說還是雙胞胎呢

水牛和白鷺鷥分據兩地正在密商
誰來準備今年最大的禮物

有了

白鷺鷥騎上水牛的背疊羅漢
水牛拉起彩帶一起歡呼
他們要慶祝一條蟲和一株草的聯姻
還是沒有風吹過

附記：這類寫作已出現疲軟現象，「尾曲」就真的是尾曲了。

泥燕

聽說你們不再遠行後
就蛻化變成一隻貪玩泥巴的鳥
俯衝　爬升　斜飛
用不著別人的掌聲
一樣可以驚動得滿天紛亂的奇蹟

水牛剛剛飽餐完回家了
白鷺鷥也早在兩個月前消失了蹤跡
整個河道的上空只剩幾道森冷的霞光
靜靜的瑟縮在灰黑的寒風中

有輛很艱難才騎上橋頭的單車
意外的撞見你們泥燕族的大動員
你衝我竄我衝你竄
然後一個拔高
翻出了兩截冰凍的黃昏
一截停在遠處半枯的樹梢
一截落在他當下失禁的眼眸

單車不知道是否要繼續前進
只為著你們還在賣力演出今生最大的絕技

泥燕的迴響

再寫一首
不，直到你寫對了為止

騎單車的人遠去了
留下一首詩泥燕們在指指點點
有的說它拗口又難懂
有的說它根本不是在寫泥燕
最後大家決定聯合給自己創作一首詩

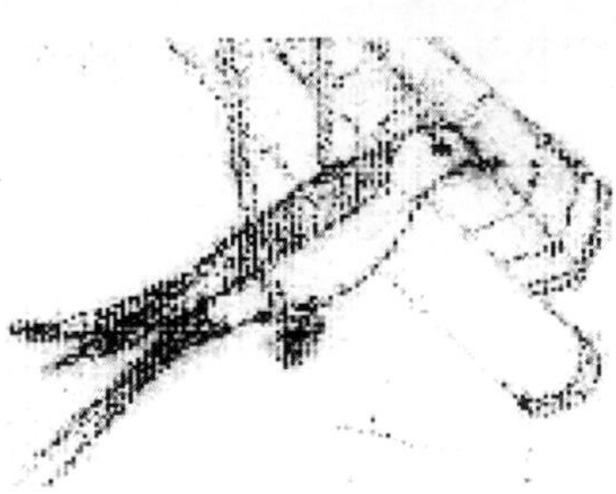

我是泥燕哥哥
他是泥燕弟弟
泥燕哥哥帶著泥燕弟弟要飛向藍天
泥燕爸爸說那裏太陽很毒辣
會把我們的翅膀烤焦
我們只好跟著媽媽在河面上低飛
一邊保護翅膀
一邊尋找失落的藍天

詩寫好了
風被請來下評語
他圈出失落那兩個字　說
這跟前一首詩是半斤八兩
我們又七嘴八舌起來

再寫一首
不，直到我們寫對了為止

蜻蜓的評點

請別佔據我們的存在　好嗎

當你們泥燕布滿天空的時候
我們的世界只剩下一個小黑點
沒有人會注意我們也能騰空和翻飛

橋上的車流都給你們驚嚇到了
但是喇叭聲卻要衝散我們的伙伴

想不出什麼辦法可以留住行人的目光
只好尾巴纏著尾巴自我享受這蒼白的季節

如果有蝴蝶想來湊熱鬧
我們會告訴他山邊還有一塊空地
那裏的泥燕比較寂寞
沒有時間搶你們的風采

現在一場快節奏的默劇又要開始了
我們蜻蜓得繼續紀錄不屬於自己的歷史

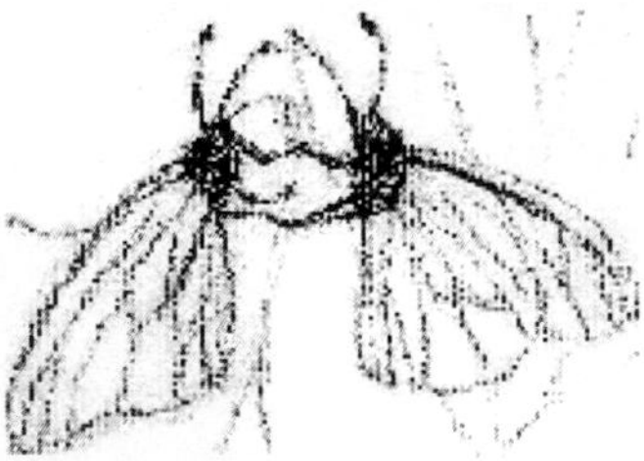

我的志願

我要當一個擴音器
這是剛剛做成的決定
班上的大姊頭立刻拋來不屑的目光
連老師也擔心他唯一的秘密就要保不住了
學務主任說他明天要召見我
回到家爺爺奶奶已經等著警告我村上有太多這種東西
爸爸媽媽哥哥姊姊弟弟妹妹也都說我莫名其妙
奇怪我才告訴志明一個人
為什麼他們就統統知道了
我得再一次確定這是志願問題
如果誰敢得罪我
那就當心我會把黑的說成白的白的說成黑的
最後再奉送他一個擴音器

沖天炮

他們在那邊放炮
我在這邊看炮
每一支炮都要沖上天
爆裂然後吐出一股藍色的冤氣

突然下起雨來了
空中長長的呼嘯聲　穿過去
掉進濃霧結好的網罟裏
沈沈的像胖子喉頭滾不動的鼾齁
我也要去買一包沖天炮
埋在地底不予點燃
有一天它們也許會發芽
一起炸開這個正在悶燒冒煙的星球

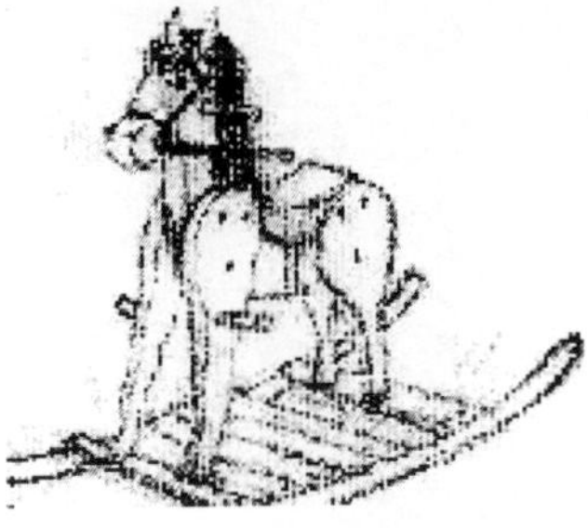

帥哥

如果不是我說不出話來
媽媽也不會把我打扮成這副德性
我數一數有涼鞋牛仔褲T恤太陽眼鏡
對了還加上一頂歪戴的鴨舌帽
當別人猛巴結我而喊我小帥哥的時候
我看到媽媽嘴角揚起的笑意
喂早餐店的阿姨不要摸我的頭
那個肥肥的歐巴桑別捏我的臉頰
還有滿嘴黃牙的老闆不要拍我的屁股
哇哇帥哥要哭了啦
媽媽快帶我離開

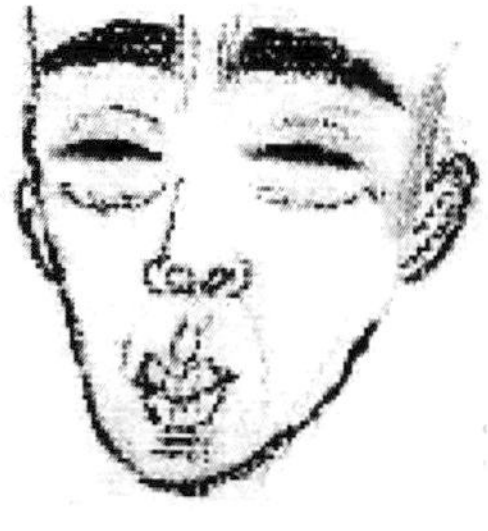

他們散場後

整整一個下午了
他們就這樣霸佔著球場
沒有人知道吆喝一顆球也是一種罪過
如果僅憑藉著他們長得高大兇悍
那麼就像狗追貓
永遠不會被貓原諒一樣
從他們錯亂的身影中
看不出那顆球未來的命運
現在天快要黑了
那些高個兒都把罪過帶走了
該輪到我們一起吆喝球場
卻發現籃板一直彈回我們三個人的聲音

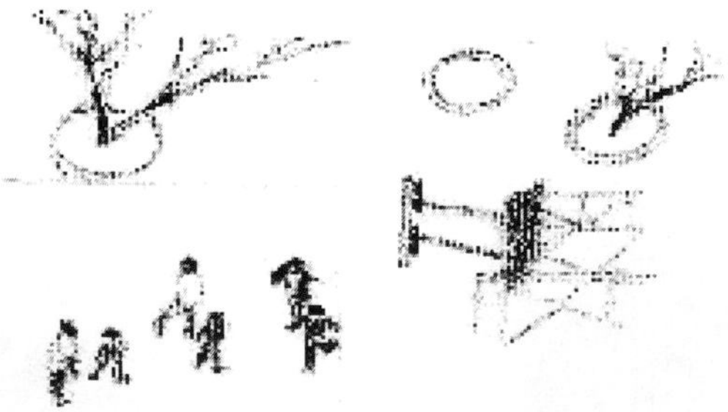

電腦遊戲

小紘每天做完功課
都會在電腦上寫一首短詩
傳給許多不知名的網友
有時三五句
有時八九句
電腦很體貼的幫他加上彩色的插圖

不久電腦出現了一些短訊
有個自稱女孩的愛慕者
對他噓寒問暖

送他剛出爐的讚美的詞句
還畫蘋果和蛋糕請他吃
最後一併獻上了兩滴眼淚

從來沒有得到愛情滋潤的小紘
開始激動的走出門要去尋找那個女孩
他不再寫連自己都看不懂的詩
電腦等了又等仍然沒有等到小紘來按鍵
畫面逐漸由明亮轉為黯淡
終於在一次爆炸吐出十萬首詩後死亡

附記：網路上有類似的故事，但嫌張力不夠。本詩的寫作加了一點對人和電腦共處世界的可能變化的預期。

比煩惱

一臺二臺三臺
五六臺
八九十臺
很認真數還是數不完

站在頂樓最慢來的那一臺
忍不住又嘀咕了起來

他們說這樣數過後
就知道溫度會升高多少
老闆那邊的生產線正在忙著
還想計劃下一次的大賭注

對街剛橫出兩臺新的機種
很快就朝著這邊翻白眼
他不敢啐痰

誰教我這樣熱天還要答應幹這種苦差事
如果不是老闆說我不聽話就要主人把我休掉
現在我已經在悠閑的翹腿喝茶嗑瓜子
心情好的時候還可以找幾隻麻雀來聊天

太陽爬過了半空
他抬頭看到狠狠射來的強光
好像沒有經過遮攔似的

報紙不再報導北極上空的破洞了
我們只是一部卑微的冷氣機
在所有的人都死掉前我們就先沒命了
你趕快停止恐嚇好讓我們活的快樂一點

又有一臺新機種硬擠過來
預備取代他數數的任務

陶南的一天

你們是不是還在看我
那就儘管看吧
我的書包只用來裝便當和烏龜
因為便當需要重量而烏龜得讓牠站在便當上面
其他的東西都收進我為它們縫製的大口袋
沒有一本書一支鉛筆會掉出來
包括阿猴送的彈珠和貼紙都不會

美勞老師很可愛
她要我們畫一個跟她一樣的太陽從東邊出來

我只想到爺爺過世時下的那場大雨
然後有一顆太陽掛在西邊的山頭
哦　對了
太陽不屬於東邊
那我就畫它從西邊出來

他們又在丟東西了
嘴裏一直嚷著陶南接住
每次下課我都要這麼忙碌的把它們撿進垃圾桶裏
最後一粒汗卻不偏不倚的滴在級任老師發的國語考卷上
由於我只看得懂選擇題和是非題
所以我就在是非題寫上數字而在選擇題寫上圈叉

老師收回卷子後都沒有說什麼話
只用哀憐的眼光看了我一眼

中午吃便當的時候
所有的人都跑來丟剩飯剩菜順便玩我的烏龜
我沒有理他們烏龜躲在桌上一角也縮了頭不理他們
等一場狂風暴雨過後牠才會伸出頭看著我吃飯
我把便當吃得精光
只留下一條小魚準備給烏龜吃
隔壁班阿猴偷偷潛進窗戶旁跟我說
放學後一起去看他贏來的一部電動車
我還沒有想好下午要怎麼過所以就沒有答應他

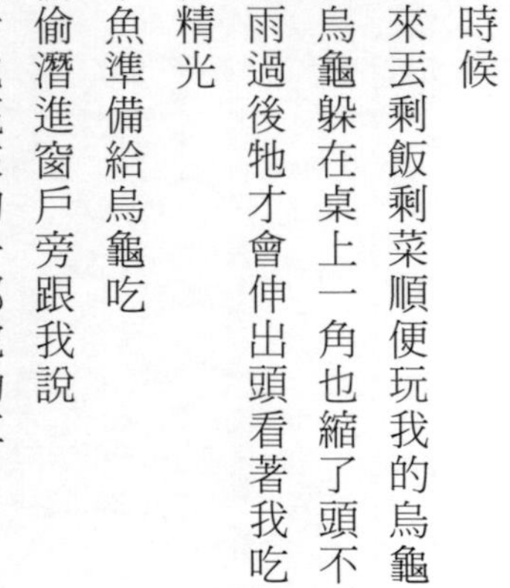

好長的一天終於過完了
我正要踏進家門發現有一輛大車擋在面前
媽媽跟兩個陌生人不知道在說什麼
他們把我拉去換裝然後推我上車
說要帶我去一個好玩的地方玩
媽媽和弟弟站在門口噙著眼淚跟我揮手
我只抱著我的烏龜關心的問司機
你們要帶我去的那個地方可以養烏龜嗎

人蚊大戰

一隻蚊子
跟我生活在一起
牠偷襲我的腿
我用巴掌驚嚇牠
睡覺時牠在我耳邊飛來繞去
我還擊牠一個破碎的夢

現在牠又停下來飽餐了
我決定結束這段纏鬥的苦日子
舉起手對準方向拍下去
啪　正中一個腫包

蚊子悠閑的飛到天花板
留下我一塊熱辣辣的腿肉

找出橡皮筋
這次不跟牠玩了
我要射到牠投降為止
一條二條三條四條五條
蚊子玩起跳繩來了
好像在說

你儘管射吧
你儘管憤怒的射吧

暑假的某一天

外面的太陽很辣
蟬叫得好大聲
我才把書本翻到第一頁
如果阿牛不再來找我
鐵定今天會悶死在這裏

遠處球場已經有人在投籃了
阿牛還是沒有現身
只存風有一陣沒一陣的從窗口飄進來
我是不是應該假定
他找不到藉口來救我出去

桌上的鬧鐘走得好慢
永遠比不上媽媽開門進來的腳步
她盯著我看的眼神都在書裏看過了
卻沒有一點想要融化它的衝動
也許把書本闔上就可以一起把它忘掉

哦　我知道了
待會用睡覺夢遊一定能夠走出這個房間

夜晚

我把黑暗關在屋子裏
星星和月亮就會來偷看
窗櫺上的風鈴一勁的搖頭說

不要不要黑暗會跑走

我準備把黑暗放掉
電燈一開後按住
黑暗驚恐的躲入角落
一隻飛蛾撲在門板上急切的求救

我還是決定讓黑暗留下來
騰出所有的空間給它
等一切都靜悄悄後
我就隨它一口一口的把我吞進夢裏去

夏天記事

窗前兩棵菩提樹住著許多蟬
個個叫得好大聲
一直把熱浪蕩成脆皮蛋捲
滾來滾去

突然對面傳來電鑽穿牆的聲音
蟬都不叫了
菩提樹被搖得像地震
落下了一陣驚嚇
我不能期待蟬叫又趕不走鑽動

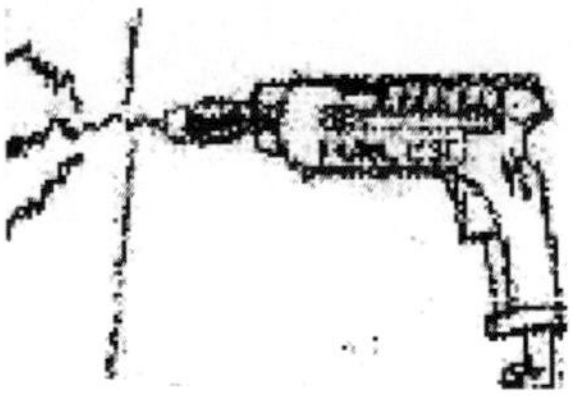

只好開啟電扇
讓它形成一圈又一圈的風暴
然後等待夏天過去

一隻蝴蝶飛來說這是有點奢侈的享受

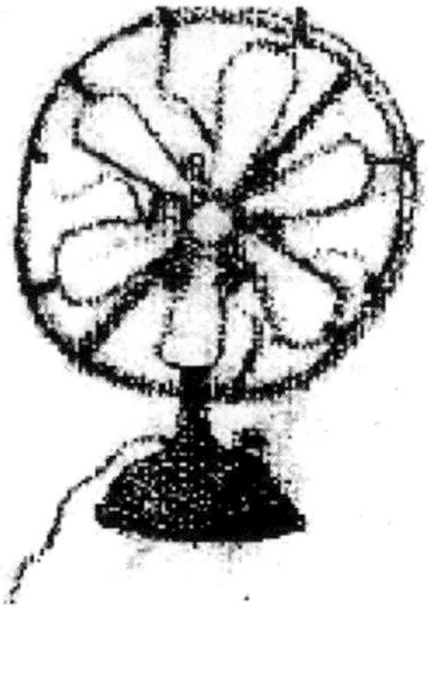

小網路族

沒有人在乎你是死是活
只要留言
你就活著
即使你死了
還是可以留言
我們還太小
不能談戀愛

點　呢　說
論　呢　說再
的　呢　再了
你　好嘆氣什麼　了幹
持　講話就　幹先
支　孩子　先！
我　小　對

你們都不了解我
拜託我們連自己也不了解
怎麼可能了解你
送你一顆黑色邊的榴槤

好啦
明天等心情HIGH的時候
唱一首歌給你聽
隨便你連連連呀
影像
動畫
聲音
會唱歌的蜥蜴

丹丹的週記

風被我催眠　它
跑到天空變成一艘船
後來曹操不准他的兒子寫信給老師
告狀家裏沒有錢請佣人
阿姨的裙子被蟑螂咬破一個洞
很好笑
便當裏有滷蛋和雞腿
你不要嫌我太嘮叨
第四臺來了一隻恐龍
牠會說人話
沒有夢　很冷
今天是星期天要提早上學

附錄

評論一：他的詩集我來讀

陳意爭

印象中，我的第一首詩，是在小學四年級時寫的。那是一個作文補習班，每一次上課，老師會先教我們認識一首唐詩，然後以命題方式引導一首童詩寫作，接下來才是正式的作文課程。學期結束前，老師還讓我們把自己的詩作，抄錄到卡紙上，然後加上插畫及封面，裝訂好之後，就成了一本創作小書，這也是我的第一本書。老實說，在這裏我發現自己喜歡寫詩更勝於寫作文。

二〇〇六年，我的第一首詩，是在八月的第一場大雨中寫的。那天是父親節，我和研究所班上的同學，夾帶一塊要慶祝老師父親節快樂的蛋糕，卻因為找不到老師，我決定把它吃掉。在享用蛋糕前，打了電話給老師，他竟然還開玩笑，要我隔天帶到學校，說無論如何他都會把蛋糕吃掉。真是抱歉！蛋糕是我的了。回家後，我邊吃著蛋糕，然後寫下這樣一首詩：

天空放聲泣訴一個人的父親節
惦念刺蝟
一響半鈴聲送來訊息
背包裏的蛋糕在我胃裏溶化
我吃掉了　充數
祝你父親節快樂
（慶華老師曾在詩中暗指自己像刺蝟）

我生命中，第一次為別人的詩集寫評論，是在遇見一本名叫《我沒有話要說》的詩集時。我覺得這個書名真有趣，不是說了「沒有話要說」嗎？偏偏又洋洋灑灑的六十幾首詩，哈！我笑稱這是周慶華式的後現代幽默。他說：我沒有、我沒有話、我沒有話要說；那我要問：誰有、誰有話、誰有話要說？

其實老師是個很愛說話的人，也喜歡跟人家分享自己的作品，每次當我跟老師討論事情時，他總是會順著話題「不經意」的拿出自己最新的創作，邊描述著創作當時的時空背景，邊訴說著當時的心境……

那天我騎著單車上豐里橋，往橋下一看，是成羣的泥燕，在那裏高低盤旋，我忍不住多看了一會……於是就寫了〈泥燕〉這首詩。

就因為有機會邊聽老師的描述，邊欣賞著他的作品，因此更能欣賞詩的「美感」，體會詩中的「絃外之音」。看老師的詩，我也經常會有許多有趣的聯想。

前一陣子，當老師要我幫忙寫評論時，我就很期待看到這本大作，加上他神秘又弔詭的說請一位高手幫忙插圖（哈！這句是我說的啦！因為不認識繪者，所以有股神秘感；此外能替老師那語帶弔詭的文字畫出插圖的，想必一定是高手囉），自是不敢怠慢。因為我是先讀完老師的「文字」，之後才看到「圖片」的，因此更可以與自己閱讀時想像的畫面做比較。也很高興可以看到父女聯手創作的詩集，或許因為知道詩人與繪圖者之間的關係，在閱讀這本詩集時，更有種說不出的感動。那是在我的生命中，期待與父親發生的一種聯結吧！

家中排行老二的我，從小就在優秀姊姊、妹妹的光芒下隱身，總覺得爸爸對我的要求，我一直沒辦法達成。即便是在徹夜苦讀之後，終於拿到全班第一名的成績，他也只是淡淡一句：好還要更好。始終不知道，我到底跟這個「好」之間還有多少距離？每每覺得非常委屈的時候，我會選擇在大家都沉睡的夜裏，獨自一個人寫信給爸爸，告訴他在我付出辛苦努力的背後，是多麼希望能夠聽到一聲讚美，但那些信始終沒有勇氣給出去，至今還躺臥在我的書桌抽屜裏。直到前年我的孩子出生，我才那麼深刻的聽到他對我的「作品」的稱讚：你的小孩實在是很漂亮！

其實我跟爸爸之間，還是存在著某些默契的。記得國中時期，我跟班級導師之間有一些摩擦，因為當時我執意要在上課時間練習畫圖，準備報考高中的美術班，而導師卻認為這樣會使得我的學業成績退步。幾經溝通無效之後，我乾脆對導師所說的一切，不予理會。尤其在國三下學期時，相處得很不愉快。說巧不巧，導師是我們家的鄰居，有時我就會看到她跟爸爸在談論我，倔強的脾氣讓我更加不想再多作解釋。

有一次導師的英文課堂上，成績一向很不錯的我，在那次英文小考，竟然只拿了八十幾分，不到班上一半的水準。我算準導師要拿我的畫圖時間作文章，於是乾脆從頭到尾趴在桌上，她問我什麼我都不回答。一到下課，果真就被導師召見。在那次談話中，我聽到原來在爸爸心中，因著他對我的了解，一直以來不只是把我當女兒看，更是把我當朋友對待。所以很多事情，他選擇讓我自己決定，對我也非常有信心，他相信我會闖出自己的天地。聽到這裏，牛脾氣的我竟在導師面前流下眼淚，感謝爸爸對我的期望。

如今回想起來，對爸爸還是充滿感激。抱著這樣的心情，來看怡賢為詩人爸爸畫的插圖，感受十分特別。總覺得怡賢輕描淡寫的筆法，好像刻意跟老師的作品保持一段距離，卻又形成「文字—插圖」中另一段想像空間。我很喜歡這樣的表現風格。

從封面說起，它的外框式構圖，取法自古典時期的聖像畫風，將書名《我沒有話要說》包裹在裏面，卻也讓讀者更聚焦在「給成人看的童詩」這行副標題上。畫面上方的邪惡小精靈，取代古典繪畫中強調比例極美的形象，更能體現出老師強調「給成人看」的神秘感，讓人期待他到底要說什麼？

〈長頸鹿的日記〉中，長頸鹿對無尾熊的勸告，化成一個哀傷無言的眼神，配合遠處飛過的三隻鳥，真是絕妙！我就從來都沒有想過，原來無尾熊的微笑是因為牠做了一個舒服的夢；人跟熊到底能不能結婚？在這首詩中也被拿出來討論。看來無尾熊是不會聽長頸鹿的勸告的，濃郁的愛情終究還是勝過尤加利樹葉，你能夠想像長頸鹿跟無尾熊對話的畫面嗎？這種情景讓我聯想到自己平時對學生說教時，學生發呆的模樣，有點像沉睡的無尾熊，下次我要仔細觀察看看，當我在滔滔不絕的陳述自己的意見時，學生是不是也正在做他的春秋大夢？想當年莊子與惠施兩人的辯論，至今還沒有個完結篇，誰也不能證明自己到底懂不懂別人的感受，能不能為別人做決定？不過詩人在這裏給詩下了一個很好的結尾，不如回到非洲去吧！就這樣，一切盡在不言中。

此外，我想該回非洲的動物絕對不止長頸鹿一種，就連猴子在這裏住久了，都知道裝模作樣這回事，這樣的學習能力，真是值得效法。當他們面對記者的鏡頭時，還知道要忍耐著擺POSE呢！這是不是反映出現在許多記者，只顧著搶鏡頭、挖奇聞、拚爆料⋯這我不確定，不過我想如果我看到猴子餵狗的畫面，我一定也會搶著拍照，記者們的口頭禪：「民眾有知的權利嘛！」相較於我的聯想，怡賢在這個主題下，透過小孩與狗的互動，傳遞了不同物種間的關懷之情，雖然畫面與文字間沒有完全的聯結（例如圖畫中並沒有出現猴子、記者、相機⋯等），卻反而更能顯出文字背後的涵義，凸顯最原始的惻隱之心。或許報紙上刊載的猴子是真的同情小狗，才與牠分享麵包的，卻因為記者的「報導」，使得這個美麗分享變成單純作秀。

此外也有異曲同工之妙的是〈東狗吠雷〉這首詩的圖，很有趣的是繪者竟畫了一隻張著大嘴的河馬（既沒有狗、也沒有雷），對應這個「吠」字，我似乎看出了狗嘴是不足以比擬詩人想瘋狂叫它幾聲的氣勢的，而河馬這隻看起來溫馴的動物，蘊涵了更深厚的內力，在張口哼哈之間，或許就能將雷聲逼退，還給大地一個清爽。

套一句插畫家楊麗玲對「好的插畫作品」所做的說明，我想怡賢在這裏，給了文字一個很好的詮釋：

> 好的插畫不應該就直接字面的意義去表現，而是要補文字的不足。而且應該具有敏銳的嗅覺，能嗅出作者的言外之意，再利用圖畫去把作者難以用文字表達出來的意念和趣味充分展現出來。唯有如此，文字與圖畫才能做最巧妙的結合，插畫也才不會淪為陪襯的地位。

除此之外，有趣的還有那隻頂著博士頭銜的狗，在廟埕上跟另一隻狗爭論誰有錯。圖畫中雖然只點出黑毛狗，但是可想隱藏不見的白毛狗，應該也頗具實力。東邊的是知書達禮的白毛狗，企圖以他淵博的學識向對方解釋，而另一邊的黑毛狗卻只顧著大聲嚷嚷，「嗯~我說…」「汪！」「我覺得…」「汪！」「你不要…」「汪！」「那不然…」「汪！」「喂！你很…」「汪！」「我…」「汪！」「汪！」「汪汪！」「汪汪汪！」「汪汪汪汪！」「汪汪汪汪汪！」…很想留下來看看，到底是誰的氣比較長？

接著也讓我印象深刻的，是將畢卡索搬出來爭取同情的斑馬。斑馬給我的印象，一直是任勞任怨的角色，不說別的，光是看被我們踩在腳底的斑馬線，就夠令人佩服了。這首詩讓我好像欣賞一齣小型的迪斯耐電影，可以看見場中央一羣斑馬正拿著抗議布條，指控畫家畢卡索盜用他們的條紋版權，使得這身優雅的線條變成罪犯、奴隸以及一些下等人的最愛，後來最令斑馬不能接受的，是他們竟然反過來澄清說自己不是自願的。這下斑馬氣極了，決定找這些人索取版權稅，嗤之以鼻的噴出一口又一口的鼻息，就是卡通中常見的那一種，然後等待太陽下山，結束這場鬧劇。

另一個也想跳出來抗議的角色是「土石流」，在一次又一次「嚴防土石流」的警告背後，土石流背負了破壞者的罪名。這下子斑馬回家休息，換土石流來說明自己逃離家園的真正原因。我想這樣的抗議是不會得到眾人的垂聽的，因為他們都沒有腥羶的畫面，怎麼能打動觀眾的知覺感官？最後終結的畫面應該是土石流也跟著到非洲去了吧！

這其中，讓我最費思量的是那支被火紋身的獨木舟，它是不是正在暗忖著，打入冷宮這麼久，終於被火燒旺了的知名度，要不要就這樣毀在雅美勇士的「拯救」中？我甚至懷疑，火就是獨木舟放的。

其實我很喜歡用這樣的角度來欣賞、解讀老師的詩，尤其針對那些不合邏輯的語言陳述，例如〈暑假的某一天〉中的「待會用睡覺夢遊一定能夠走出這個房間」；〈丹丹的週記〉中的「今天是星期天要提早上學」⋯⋯更是值得玩味。這讓我回想起在老師的課堂上時曾經討論過的話題：「山經過一片雲」。我在那天的學習筆記上這樣記下：

針對這堂課裏的三句小學生造句，我們做了分組討論，一直到下課，傍晚散步時，我依然跟同學討論個不停。

絕大多數的人很在意這個句子的「標準用法」，亦即當「山經過一片雲」這個句子在詩裏出現時，它們是有創意、文學性的；但當這句子是考卷上的答案時，它就得有標準的詮釋及答題法。老實說剛開始我的想法同大多數人。

突然我腦中閃過過去自己上美術課時的情形，我會告訴孩子，你怎麼畫都是對的，每個人都是天生的畫家……，即便我教了他們某種媒材的「正確」使用方法，但也期待孩子們再發揮想像，自創畫法與表現形式，因此他們也能呈現出特異的創作風格。為什麼美術能，而語文創作不能？

我想，創作還是該有彈性的吧！

記得我剛從師院畢業時，因為自己是美教系的背景，所以有些朋友找我指導他們的孩子畫「水彩畫」。使我一直以來對美術教育的責任感油然而生，總覺得這是個大好的機會，可以讓我將學校所學的發揚光大。於是我欣然接受這位朋友的提議，開始每個禮拜兩次利用晚間到他家教課。

剛開始幾堂課，我試著讓孩子們打破不同媒材的使用界線，我們一會兒拿蠟筆，一會兒加水彩，一會兒又是報紙撕貼，突然又來個紙黏土創作，還伴隨著幾次無產品的論述。所以我的課堂上，總是沒什麼機會讓大家乖乖坐著畫，大部分是「說」，然後才是各畫各的。而我也從不對家長報告我們到底在畫什麼？或這次我企圖呈現什麼主題？因為連我也不確定，孩子們到底會呈現出什麼。幾次課後，家長的疑惑一一浮現出來，開始私底下找我談。後來我才清楚了解，他們只想讓孩子學「水彩畫」，甚至告訴我，其他那些媒材他們已經「都會了」。當時的我，完全不知道要怎麼跟他們溝通，於是幾次後我就以時間有限、學校教學壓力很大等理由，推辭了這個工作。

我一直在思考著：究竟什麼是「水彩畫」？是美學、美術史、美感、水分、顏料、紙張……還是水彩筆？

一眨眼，好幾年過去了，現在我又有機會重新思考這類問題。於是我試著將這句「山經過一片雲」，帶到課堂裏討論，企圖看一看孩子對這句話的詮釋。

今天是阿聰的生日，之前就答應他們要到麥當勞慶生，於是檢查了作業之後，一行四個人，就躍上我的吉普車，伴著利吉惡地及小黃山，一路浩浩蕩蕩往中華路麥當勞駛去。

前幾天我被一句小學生造句「山經過一片雲」深深吸引，越來越覺得它是個很有詩意的句子。在車上我首先發問：「你們覺得『一片雲經過山』跟『山經過一片雲』有什麼不一樣？」可能是他們已經很習慣我這種隨車提問的作法，當我拋出這樣的問題時，他們不約而同的看往窗外的山。一會兒，阿聰首先發言，他說：「這兩句裏移動的東西不一樣，『一片雲經過山』是雲在動，而『山經過一片雲』則是山在動。」

我一一詢問其他兩位的意見，大同小異。

接著我請他們選自己喜歡的一句，他們還是很有默契的都選了「一片雲經過山」。於是我又請他們說一說原因。這次換暖暖先說：「因為山不可能經過雲啊！山又不會動，雲經過山才是對的。」其他人也同意她的說法。

呵呵！眼看著他們即將達成共識，我又想要攪亂他們了！

我舉了地殼變動、造山運動等例子，加上他們之前都上過學校本位課程，對惡地及小黃山的形成原因也有概念，最後我再補充說明，在地質學家的研究推論中，總有一天綠島會因為地殼的移動，硬生生跟臺灣本島撞在一起，所以你覺得山會不會動？

阿聰跟小豪兩個人猛點頭，而暖暖卻好像還是堅持原來的想法。於是，我又問：「好吧！現在這兩個句子都是對的了，如果你要選一句當一首詩的開頭，你會選那一句？」這回終於有不同的答案。阿聰選了「山經過一片雲」，小豪跟暖暖則選了「一片雲經過山」。

我很好奇阿聰的選擇，不過我還是先問暖暖她的原因是什麼？暖暖說：「兩句都可以，可是我還是比較接受『一片雲經過山』的講法。」接著是阿聰，他說：「雖然這兩句是一樣的，不過『山經過一片雲』比較特別，這樣寫出來的詩才會不一樣。」而小豪則說不出原因。果真天才不是到處可見的，要好好把握。

最後我們集體創作了一首詩：

山　經過一片雲
雲　游過一片海
雲　在海裏戲水
我　在天空中飛翔

我一直都喜歡車上討論的這種方式，把小朋友「困」在車上，逼著他們想事情，既然沒別的事可做，也無法「逃走」，只好乖乖思考老師問的問題。那天一路上的討論，更是讓我受益良多，印證了我在美術教學上的理念，我要教孩子的應該不只是技巧，而是當我給他空間思考時，他們的思想得以悠游於作品之中。

我想，詩的創作觀，應該也可以從繪畫中看出。拿中國傳統的水墨畫來說，講究「氣韻生動」更甚於外在形式的描摹，在袁金塔《中西繪畫構圖之比較》一書中，他將中國的宇宙觀，以其物質上的形式有限，觀念上的功用無窮，說明虛靈與布白在繪畫中的使用。所以，繪圖的人不將畫面畫盡、填滿，相較於西方繪畫的表現，鮮少有留白的情形，留下的白更有想像的空間。

寫詩的人，不把話說盡，留下想像空間給讀者，就是為了引發讀者迴響。

前一陣子，有一天晚上，我跟老師在校園裏散步，算是晚飯後助消化的運動。走過語教系館，他老人家停在一棵榕樹前面，跟我描述一片與他擦肩而過的落葉。老實說，我在這條路上走過許多趟，卻從未因為一棵樹而停下腳步。臨走前，我還是依照慣例的要他把這件事用詩的語言寫下來，這次他索性留下這個空白叫我寫。隔天，我在他的信箱裏投了一首詩，詩題仿自這本詩集的名稱：

我沒有話要說

——有關那棵樹

下次要跟誰引薦
那棵站在角落的榕樹
只為一片不經意瞥見的葉
垂直旋落的姿態

真美
想回頭撿
卻被一個趁著月光
擠弄滿臉豆花的機車男
砸　碎
當場幻滅
只好等待有緣人
再享那片遺憾

我深信一首好的詩，要能引發讀者去思考。我喜歡看老師的詩，因為它總是能引發我用不同角度看事情。我常笑說這本詩集我看了好幾次，不過就是每次都看不完。總會被裏面一針見血的時事描寫，或者仔細刻畫的內心世界所吸引，更常常看著看著，就寫起詩來了。

前幾天，有機會參加臺東縣政府舉辦的教師知能研習，主題是如何幫助我們臺東的孩子，在一片學力導向的教育聲浪中，讓我們的學測成績「東山再起」。身為教育第一現場的教師，本著我的專業能力，我很贊成孩子應該把學科能力提升上來，未來在社會上才會有競爭力。在兩天的研習中，我也寫了首詩，在最後這裏跟大家分享：

其實不　難！

孩子
再忍一忍
出生在這　不是原罪
別忘了這塊淨土是我們的優勢

可惜大洪水毀滅世界時
考試這檔事也進了挪亞方舟
別指望天外飛來隕石完成這個使命
如果你的基本能力有所提升
你就會知道什麼叫做 難
再努力一點
等到你把國語、數學搞懂
等到學測成績出爐
在專家學者的鑑定報告中
證明日以繼夜的 補 救 教 學
你已累積百分之二十的進步
等到這沉痛的打擊平反

你就可以去享受你的青山綠水
就可以把山歌高唱
可以像個人一樣
帶著滿意的笑容
去過你想過的日子

別擔心，我說真的，我真的沒話要說了！

評論二：我也沒有話要說

許靜文

莊子說：「道在屎溺」，我想東郭子一定有些氣惱，怎麼能以如此卑賤、粗俗的話，來說「大道」？我總是忍不住想像：當時東郭子臉上是怎樣的表情？那一刻，莊子是不是也忍俊不住？我想莊子心中必然住著一個頑童。而素有「殺手」稱號的慶華老師，在我心裏正是一個頑童！這種頑童性格，極盡揶揄諷刺的黑色幽默，在詩中表露無遺，如果有讀者自行對號入座而惱羞成怒時，彷彿還能聽見藏身詩後的他一陣無辜的輕笑。這樣一個頑童，寫童詩並不讓人意外，卻是寫給成人的童詩，則又是一次邊緣遊走的展現。

何謂成人童詩？給成人看的童詩還算是童詩嗎？對於這一類的問題，詩人在扉頁題辭中十足後現代的回答了大家：「都是也都不是／可以了／我沒有話要說」，顯然無意要對「成人童詩」下明確的定義，或界定範圍。於是，我自行解讀為：這些童詩是寫給「仍然保有純真的成人」和「漸漸失去純真、但仍嚮往純真的成人」看的吧！

童詩強調簡單淺白的語言、明白的旨意和想像的趣味。寫給成人的童詩，自然有意為成人提供一個充滿純真、狂想的角度看世間萬物。詩人以純真美善的「童心」、「童眼」，對世界發出好奇探問，然而在想像和趣味之外，詩中有許多對「成人世界」、「都市文明」的反思和強烈的批判精神，一句句探問、質疑或告白都像利刃，指向人類最愚昧、自私、粗鄙的一面。

卷一「我沒有」中大量的以動物為主角，透過第一人稱「我」的擬人化告白，直接向讀者傾訴科技文明對自然生命的迫害。「我沒有」的「我」意指在文明社會中已無生存立足之地的動物們？或暗示人類應該放下「我認為」、「我覺得」此等唯我獨尊的自私狂妄？

〈猴子落難記〉：「如果真的要怪罪我們／那就給一塊種滿果樹的地」

〈也是戰場〉：「現在你們放鞭炮又兼恐嚇／動不動就吊隻死雞引誘我們破戒／把這裏搞的像一個不夜的戰場／還說我們是新世紀最大最大的無賴」

〈狐狸淪落記〉：「沒有流浪漢跑來驅趕喝斥／住在深巷裏的婦人偶爾還會收容我們／只有受不了一些汽車冷冷的丟下半袋食物／那是多麼折損我們半世的尊嚴」

〈獼猴的告白〉：「記者先生別逼問了／我們只不過是最新的難民／得機靈點才能活命」

這樣的「童詩」，讀來不免有些令人驚惶，也為人類的自私而覺汗顏。相較之下，〈文明病〉顯得含蓄有味。

文明病

‧‧‧‧‧

河邊有一羣牛低頭吃著青草
白鷺鷥停在他們的背上也不會去趕他

流水白雲陽光和著涼風
這是他們獨享已久的世界
但我一隻小小的蜻蜓卻飛不過對街
尋找被車聲驚嚇失散的伙伴

當然，寫的是動物、植物乃至世間萬物的告白，其實又何嘗不是人類的心事？〈蟬的世界〉寓物以抒情，寫蟬鳴的理直氣壯，不也是人類不甘於單調生活的心聲。

蟬的世界

・・・・・・
必須用聲音來呼喚自由和奔放

不停絕對不停
從清晨到傍晚
從月初到月末
我就是要和我的同伴
一起唱完這單調的季節

人不安於單調、無趣的鐘擺生活，渴望自由的心情，全讓一隻蟬給說盡了。

卷二「我沒有話」中，寫石敢當、無辜殺人的大象、校園的菩提樹、南橫枯木、捷運、颱風、獨木舟等，題為「沒有話」，實則不甘沉默、不吐不快。畢竟這世界太喧鬧，卻向來只容許人類的「一言堂」，人類以外的生命當然也只能沉默、無從發聲，但看似沉默的未必沒有話。〈大象殺人〉：「殺一個人和踩死一隻老鼠究竟有什麼區別／我實在不知道」，無話，或許是更強烈痛切的抗議？

〈臺北的天空〉寫不論晴雨總灰濛濛的臺北天空，連雲和風箏也無從遊戲，星星也驚愕自己越來越渺小而不敢睡覺，只有飛機飛來飛去。然而，對於拯救天空的行動，大家都還在「觀望」，豈不諷刺？其中〈土石流〉：「從來不知道一個受難者也會害人」，看似無奈的辯白，無疑是最嚴厲的控訴。

卷三「我沒有話要說」中，〈資優生〉、〈新生訓練〉、〈開學第一天〉、〈校外教學〉、〈補遠足〉、〈訪客〉、〈送舊晚會〉皆透過動物擬人化，引人發噱的對話，看似超現實，卻再真實不過，像一則強烈諷喻的現代寓言，旨意不言自明。

〈電腦遊戲〉：「畫面逐漸由明亮轉為黯淡／終於在一次爆炸吐出十萬首詩後死亡」和〈小網路族〉：「沒有人在乎你是死是活／只要留言／你就活著／即使你死了／還是可以留言」，則是網路時代中人際互動的荒謬。

另有一部分，如：〈丹丹的週記〉、〈暑假的某一天〉，以兒童為主角，寫僵化的教育體制、升學主義，兒童對成人世界的無可奈何，想像成了最強大的對抗，「待會用睡覺夢遊一定能夠走出這個房間」，夢成了心靈逃離囚禁的秘密通道。〈陶南的一天〉如實表現出在每個學校、每間教室中，那些學業成就不高、受欺侮的孩子校園生活的寫照，末尾令人一陣心驚，反映出日益複雜的社會環境下，兒童面對家庭變故所衍生的社會問題，宛如一首變調的悲傷兒歌。

不論是以動物、兒童、網路為題，這些詩中所描繪的正是現實世界的縮影，也是人類社會中「僵化」、「虛偽」、「現實」、「缺乏想像力和幽默感」的真實面貌。以兒童的角度看成人種種，當然會充滿疑惑和不解，這種感到「奇怪」和匪夷所思的無奈表白，其實也深具「批判」的意味。

此外，在詩人眼中萬物皆有情，就是冰冷的交通工具，也自有一番幽微的心事。藉物抒情，其中也隱隱透露著詩人的人生態度，像〈捷運物語〉：「你不能說命運虧欠我們什麼／本來就沒有人可以退回他誕生的地方」；亦擬作動物，自我揶揄一番，像〈東狗吠雷〉：「我一隻剛嚇醒的臺灣邊陲的狗／到底要幹什麼　才能計算出／剎那間活著的長度／哦　對了／我要像「蜀犬吠日」一樣／面向還在轟隆轟隆的地方瘋狂的叫它幾聲」；〈獨木舟〉：「如果不再燒一次／我還會是一隻獨木舟嗎」則透露著悲壯。

其實，我更偏愛那些以童心、童眼看世界，描寫生活中平凡的小事物、充滿童趣的詩，是成人生活中最缺乏的想像和幽默。

〈人蚊大戰〉用「偷襲、驚嚇、還擊、纏鬥」營造出人蚊雙方對峙的濃濃火藥味。蚊的悠閑，映襯著人的煩躁、憤怒，一場人蚊大戰勝負已明，最後還要透過蚊子的話：「你儘管射吧！你儘管憤怒的射吧！」來自我揶揄一番，是啊！儘管射吧！對準的不是蚊子，是自己的憤怒。只有充滿童心、童趣的人，才能用這種幽默的態度面對自己被一隻蚊子激怒時的無能為力。〈蚊子和耳朵的對話〉：「啪／天堂的樂聲響起／一隻蚊子牽著一片肥大的耳朵／走進地毯的那一端」寫非洲流傳蚊子娶耳朵的故事，也讓人會心一笑。

有人將散文比喻成散步，詩則是跳舞。那麼，寫給大人看的童詩，則是讓手腳都僵化了的成人，體驗隨著樂音自在擺動肢體的感覺。兒童天生具有好奇心，但在社會化的過程中慢慢習慣遵循一個既定的模式，而遺忘了想像的美妙。在日常生活中，兒童生活經驗有限，反而沒有太多的框架，兒童的語言往往充滿著意想不到的趣味。當然，成人「反璞歸真」究竟不同於「兒童未經世事的純真」，若故作天真的童言童語，只是矯情。詩人嘗試捕捉兒童的語言入詩，從兒童角度看世界，因此，便有了「颱風在一拉一扯間／把海水搧得鼓脹了起來」這樣的生動的句子；〈焚風〉是天空多了一些烤紅的雲，翻起熱浪的衝向每戶人家；〈漣漪〉是和池塘的戀情；〈我坐在東海岸上〉則化用地名，讓想像無限奔馳。當我們閱讀這些詩時，或許會感受到最純真無邪的力量，重新思考自己的生活。

大自然和兒童，正是每個大人最好的老師。

形式上，這些詩的詩句簡潔、直接，並運用排比、類疊的句法，創造出詩的節奏和韻律，也具有童詩的特色。〈花的聯想〉和〈坐飛機〉就以看似淺白簡單的童言童語，寫心的躍動和無限寬廣，頗有禪意。

坐飛機

‧‧‧‧‧‧
雲層的上面還有雲層
雲層的上面還有雲層
雲層的上面還有雲層
雲層的上面一架飛機穿過雲層

淡藍的天和深藍的海　合力
包著遊子一顆噗通噗通跳躍的心

花的聯想

一排杜鵑花一排曼陀羅花

一排桃花一排李花
一排杏花一排梅花
不是一排是一片
不是一片是一山
不是一山是一地
不是一地是一天
不是一天是一宇宙
不是一宇宙是一顆心
明年還要來金針山尋找風和樹的戀愛

詩貴含蓄，才能反覆吟詠品味。〈沒有了啼叫聲〉用幾筆淡筆，素寫生活，寫賴床的慵懶愜意。現代人忙碌的生活中，缺少的不是時間，而是閑情。據說賴床三分鐘不只可保身體健康，更有益心理健康，這麼說來賴床也算是一種另類的美德。誰能說成人賴床的片刻不是最純真童稚的表現？

沒有了啼叫聲

……

三月的清晨
遠處有汽車的鼾聲
公雞不叫了
大家都在等待太陽的呼喚

我懶洋洋的不想起床
只好拿夢兌換一天的清閑

看看那些不叫的公雞那裏去了
太陽還在醞釀被吵醒的力氣

這是三月裏的清晨
沒有了公雞喔喔的聲音
太陽不想起床
我也忘了汽車是否要繼續打鼾

最後地圖顯示
整個世界都包裹在一座無名的山中

整體而言，《我沒有話要說》自然直接、貼近生活。即使名為「童詩」，仍有濃濃的

「殺手氣息」和「刺蝟精神」，看似天真童稚的語言，卻相當犀利。詩人擅長以童稚的語言，表達不容忽視的社會議題，在讀到好笑、荒謬的同時，卻又覺得心裏沉沉的。

所謂「在心為志，發言為詩」，自古以來詩多為抒情言志，詩的創作，可以是很私我的，純為個人情志的抒發；當然，除此之外，也有很多的詩的產生是為公眾的。比方說：中唐社會詩派詩人白居易，承繼《詩經》的精神，作品充滿對社會人民的關懷，也寫過許多諷喻詩，作品常流露出對勞苦人民的關懷。在《我沒有話要說》中，這些寫給成人看的童詩，沒有過多的雕琢堆砌，在看似童言童語的背後，除了有詩人內在情思的抒發，更多的是知識分子任重道遠的使命感，處處流露出對社會、自然萬物的有情。內容大多是以動物、植物和日常事物為主角，向世界發聲，說「物我平等」的精神，企圖喚起成人內在的良善純真，詩人的創作理想昭然若揭，正是白居易「文章合為時而著，歌詩合為事而作」的主張，以詩來發掘、反映社會問題。

竟日想著油價、房貸、加班等俗事的成人，願意讀詩嗎？有多少人願意讀？其實，《小王子》說：「所有的大人都曾經是位小孩，但是他們大都忘記了」；心理學家也認為每個人內心都有一方純淨，不會隨著年齡增長而消失改變，就像內在住著一個「小孩」，英文叫做inner child。但是，一個越是社會化的成人，這個內在小孩越不容易露臉，過度壓抑內在小孩，時間一久就容易生病。也許，「詩」可以是一道出口，讓我們在詩的想像中盡情放肆。借用王維的話：「非子天機清妙者，寧以此不急之務相邀？」邀請在忙亂生活中仍渴望保有純真的成人們，一起在詩中翱翔！

說了這麼多，我猜想當然也只有無聊的大人才想聽吧！就像致詞了老半天的貴賓，總是讓人不耐煩的想著：「好久喔！說完了沒啊？節目到底什麼開始啊？」最後，如果問我：「為什麼喜歡這些詩？」就容我可以像孩子一樣任性一點的表達吧！

「我也不知道，就是喜歡啊！啦啦啦……」

評論三：獨・暖・潮・風

林婉婷

《康熙大帝》有一橋段：老康熙因為皇太子對他的悖逆不軌，震怒之後而身心疲累，就把飽讀詩書的三阿哥胤祉叫到跟前，背些詞氣閑適的詩詞。老康熙原來怒疾傷心的情緒，聽著三阿哥吟哦的詩詞，呼吸漸漸平緩均勻，朦朧入了夢鄉。「詩」可風花、可解憂，那給成人看的童詩能影響什麼？是否有美國詩人朗佛羅〈生之讚歌〉的能耐，貼上可治療抑鬱症的標籤？還是追得上英國詩人濟慈的〈睡去〉，有療癒失眠症的實用？品嚐《我沒有話要說》，味道多過風花與解憂。

獨的味道

第一個刺激舌尖的，是「獨」的味道，澀澀的、甘甘的，不急著下嚥。〈長頸鹿的日記〉裏，長頸鹿以第三者的角度記錄著無尾熊與小女孩的戀愛，無尾熊不告訴小女孩愛情的甜美可口，小女孩早主動的把它收藏起來，最後長頸鹿毅然的跳脫那場競爭遊戲，各自在自己的氛圍裏享受孤獨，這分「獨」因彼此的緊扣而昇華，最後由長頸鹿將「獨」帶回非洲草原。

〈蟬的世界〉：「不停絕對不停／從清晨到傍晚／從月初到月末／我就是要和我的同伴／一起唱完這單調的季節」住在地底三年、五年、十七年，好不容易爬上枝頭，如果不多叫幾聲，如何讓人知道蟬也懂得寂寞？老師藉由蟬的特性，將「獨」幻化為蟬，長時間在地底醞釀，嚐過烈日的毒辣，捱過風雨的悶虧，再用聲音迸發出自由奔放的聲音！〈雞夜啼〉中失眠頹廢的雞同時「喔喔喔」地啼叫了起來，想把月亮叫醒，我想這應該是隻和屈原交情甚篤的雞，不然怎麼會服膺「舉世皆濁我獨清，眾人皆醉我獨醒」？這讓我想起，有回看到一首題名為瘋子所寫的一首無名詩：「瘋子只是行為模式不同於一般人／或是驚世駭俗／或是孤傲難馴／眾人皆醉我獨醒／眾人皆醒我獨醉／理智與瘋狂的界線在微妙間轉變／瘋眼看世界／微妙的想要飛馳／我已沉淪／在瘋的世界」看來「獨」也可以很瘋狂。

〈大象殺人〉夠瘋狂了吧，講不出話的大象沒有辦法申訴牠只是殺死噪音，內心的獨白牽扯出生命的議題，到底殺一個人和踩死一隻老鼠有什麼區別？對人或對大象有什麼差別嗎？如果我是大象，走向警察局的路上，也許昂首闊步的自忖：「不過就是圖個安靜！」

咀嚼過大象般重口味的「獨」，慵懶的、靜靜的、恣意的「獨」正鑽進我的被窩，很巧的，在一早的床邊翻到這一篇〈沒有了啼叫聲〉：「這是三月裏的清晨／沒有了公雞喔喔的聲音／太陽不想起床／我也忘了汽車是否要繼續打鼾」公雞不叫、太陽還沒有被吵醒、汽車若有似無的打鼾，而我正懶洋洋的閱讀一首詩，盤古在渾沌時也在閱讀嗎？還是連眼睛都懶得睜開？包裹在清晨裏的我，一度想把頭埋進被窩，或許不甘寂寞吧，我打開窗，挾著讀詩的思緒，等待東方的魚肚白。

最深刻的「獨」莫過於心底聲嘶力竭的吶喊，即便是李白都曾經留下千古絕響，〈離騷〉恐怕就瘋狂的汪了三千多聲了，莫怪〈東狗吠雷〉：「我一隻剛嚇醒的臺灣邊陲的狗／

到底要幹什麼　才能計算出／剎那間活著的長度／哦　對了／我要像『蜀犬吠日』一樣／面向還在轟隆轟隆的地方瘋狂的叫它幾聲」不過是對著轟隆轟隆的地方咆哮幾聲，我的解讀裏，轟隆轟隆的地方象徵著「日新月異」的社會，每一道響雷都震撼著整片天空，欽點到的防盜鈴個個響應，不隨波逐流的「獨」瘋狂的向轟隆轟隆的地方叫幾聲是要的；若是不發聲，豈不被當成壞掉的防盜鈴？

暖的味道

淺嚐過後的詩品，緩緩地滑進食道，回甘的、暖暖的熱流四溢，以食道為原點，如火山熔岩悄悄而急切的點亮每一處的燈火。

不曉得大家是不是同我一樣，曾經見聞報導野生獼猴遭捕獸器夾斷手腳的事件，〈猴子落難記〉：「就知道會有這麼一天／鐵剪應驗了人類的詛咒／一隻手和一隻腳停在／血腥的空檔裏等待救援」老師以第一人稱為猴兒發聲，一句「還分不清是心在痛還是指爪在痛」

道盡無奈，猴兒本和人類一樣是宇宙中的生靈，怎麼落的被夾斷手腳，還滿腹委屈的無法發聲？若是還給猴兒一座花果山、一個猴兒的天堂，應該就會趨近世界和平一些吧！這樣也就不會出現〈也是戰場〉：「把這裏搞得像一個不夜的戰場／還說我們是新世紀最大最大的無賴」。

現代人很少會為將被截斷的菩提樹掬一把同情淚吧！或許周遭少了一棵樹、多了一盆花，我們仍舊匆匆的、漠視的走過，在〈請聽我們的心聲〉裏，老師為菩提樹發了無聲的委屈，有趣的是老師在最後用小狗溺尿、菩提樹欲告訴牠得糖尿病作結，這是我如何也想不到的收尾，這一點同時是我相當折服老師的地方，一個平凡的事件在他筆下就注入了生命，一下子張力十足！

〈土石流〉：「什麼／你說有人丟掉性命／那一定是你在開玩笑／我們從來不知道一個受難者也會害人」這是另一個讓我感到溫暖而且玩味再三的作品，溫暖的是老師細膩的角度，一位學者用簡單的幾句詩，一針見血的直擊土石流的要害！世人難道愚昧，裝傻土石流背後的原因？溫暖的關懷中，藏著滿滿的無奈。

潮的味道

滑落食道，來到胃腸，便要開始發酵，如潮水按摩著胃，這時彷彿聽見詩句裏陣陣的嘲笑。

猴兒餓得被逼得躲進龍眼樹上，連山羊都看不過去，只得相互「支援」，人類卻只顧復仇，或者閑來無事挖挖八卦，不懂有著另一個世界需要關懷，老師藉著動物報導反應這個問題，結合關懷及嘲諷的味道在〈獼猴的告白〉中表露無遺。

獼猴的告白

……

人類都在復仇

我們猴子卻整天挨餓
山羊說這是什麼鬼世界
你們要吃就來吧
大夥一隻接著一隻
吸完了這半邊的乳汁
再去偷叼一根香蕉
然後回到樹上躲避哨音和追殺
記者先生別逼問了
我們只不過是最新的難民
得機靈點才能活命

似乎是這樣，得機靈點才能在這個社會生存吧，我們這個世界變了什麼？房子高了，路變窄了，連可以聊天的榕樹蔭都不曉得躲到那裏了，難怪〈文明病〉四起，〈車龍〉只好叫鳥拉屎來掩飾花花綠綠的俗氣。

文明病

……

四個輪子代替腳走路的時代
就是這個你我都不想看的樣子
馬路不再是給馬走的
喇叭只侷限在吹衝鋒號
還有狗兒從此沒有了穿越車陣的權利
河邊有一羣牛低頭吃著青草

白鷺鷥停在他們的背上也不會去趕他
流水白雲陽光和著涼風
這是他們獨享已久的世界
但我一隻小小的蜻蜓卻飛不過對街
尋找被車聲驚嚇失散的伙伴

車龍

……
警察不用再吹哨子了
一條龍走後還會出現另一條龍的
如果你嫌棄這個世界沒有什麼道理
就用一塊布把它蓋住

隨便你粧點顏色　不然
叫鳥來拉屎也行

走過越多年頭的人應該越能體會，一晃眼的瞬間，雙腳已經被輪子取代，還嫌輪子轟隆轟隆，於是捷運開進了市中心，〈捷運物語〉：「吞吐著最不受歡迎的人潮／然後默默品嚐漫長旅程的孤寂」這句淡淡的訴說心情，我們仍身處時代的洪流裏，也許被逼得隨波逐流，也許轉瞬間就被毀滅，「你不能說命運虧欠我們什麼／本來就沒有人可以退回他誕生的地方」說的正是時候！是一種看透、一種認清了的感受吧，忍不住帶著惆悵乾笑兩聲。

若要說絕，〈交通工具的故事〉才真是絕妙的反動！

交通工具的故事

……

牛車換成馬車
馬車換成三輪車
三輪車換成火車
火車換成汽車
汽車換成飛機
飛機換成電視
電視換成網際網路
網際網路牽連著你我寂寞灰色的心
我得告訴爸爸我也要換媽媽

由一隻毛色和人家不一樣的山羊〈資優生〉開始，老師很巧妙的塑造一個動物主人翁，自然的將讀者的思緒帶進校園裏，單純的學校生活實則現實社會的縮影，我陪著白山羊參加〈新生訓練〉、〈開學第一天〉、〈校外教學〉、〈補遠足〉、接待〈訪客〉、〈送舊晚會〉。白山羊永遠一副等待領獎的樣子，不吵不鬧，不大聲說自己喜歡吃什麼，不會演奏也不會唱歌，甚至不為迷你馬曼妙的身影而著迷，最後打包行李繼續換個地方當優等生。倒是我，因為陪著白山羊走這一遭，對白山羊傾心不已，牠看似平庸無奇，卻是最有特色的一個！我了解白山羊，是這個學校不適合牠，綜藝團也不合胃口，牠只得另闢戰場，或者可以請蘇軾引介牠到海南島，可能就會有一番奇蹟吧！

若是在不和的現實中沒有學白山羊收斂自己，大概就會落的和陶南一樣的下場，〈陶南的一天〉寫一位不隸屬於這個庸碌社會的小孩，在學校只能四處碰壁，一天可以如此難過，終於敵不過被換角的結局。

陶南的一天

‧‧‧‧‧‧

好長的一天終於過完了
我正要踏進家門發現有一輛大車擋在面前
媽媽跟兩個陌生人不知道在說什麼
他們把我拉去換裝然後推我上車
說要帶我去一個好玩的地方玩
媽媽和弟弟站在門口噙著眼淚跟我揮手
我只抱著我的烏龜關心的問司機
你們要帶我去的那個地方可以養烏龜嗎

等待時機的人可以冰凍記憶、深埋地底，也可以屈身當個不點燃的〈沖天炮〉：「埋在地底不予點燃／有一天它們也許會發芽／一起炸開這個正在悶燒冒煙的星球」若是這個世界糟糕透頂，眼不見為淨可能還好一點吧！

風的味道

這是股突然襲來的、有各種風味的氣息，掠過我的腦門、拂過我的腦海，無法漠視它深刻地走過，沒有辦法告訴大家這是什麼樣的味道，就當它是「風」的味道吧！

老實說，我偏愛〈漣漪〉這樣淡雅的詩，它不會像棒球棍突然擊碎你的心，一時也不至造成倒抽一口氣般的震撼，但是餘韻繚繞的觸動，是怎麼樣也忘不了的。

漣漪

……

蜻蜓不要來打擾
這是我跟池塘最新的誓約
只要一粒小水滴滑過我的脊樑

就會凍成她臉上深深的紋溝
偶爾熟透的欖仁果飛離我的枝椏
也會躍入她清澈的眼眸去享受一季碧綠的撫慰
你說這裏還缺少什麼
沒有沒有絕對沒有

我得繼續數數兒
不然很快就會保守不了今天才發生的戀情

此外，我特別有感觸的是老師在詩中所提到的臺東景致，例如：〈花的聯想〉、〈我坐在東海岸上〉，以及與臺東的自然現象相關的作品〈焚風〉、〈颱風〉等。由於身在這個可愛的地方四年，特別能夠感受詩裏道道地地的風情，老師用了象徵、排比的手法，讓筆下的主題栩栩如生，如聞其聲，如臨其境。

花的聯想

……
一排杜鵑花一排曼陀羅花
一排桃花一排李花
一排杏花一排梅花
不是一排是一片
不是一片是一山
不是一山是一地
不是一地是一天
不是一天是一宇宙

不是一宇宙是一顆心
明年還要來金針山尋找風和樹的戀愛

焚風

‧‧‧‧‧
剛開始　天空
只是多了一些烤紅的雲
然後都蘭山下就翻起熱浪
一波一波的衝向每戶人家的窗口

我們用冰剩的夏天跟它搏鬥
結果驚嚇到所有的電源開關

一個一個癱軟成期待援手的救護軍

都忘了陣亡

……

風的輕拂是放鬆的，老師的詩篇偶爾讓人會心一笑，像是〈人蚊大戰〉裏人蚊之間永無止盡的攻防，亦或是〈河邊風光〉的水牛與白鷺鷥。不得不佩服老師天馬行空的聯想，水牛、白鷺鷥、蟲與草可以在三首詩中糾結在一起，跌破眼鏡的是終場由蟲與草進行聯姻。跳脫固有思維的框框正是一般人所欠缺的，現代人追求的不再是高學歷，而是奇發突想的創意，我想老師的詩集可以跨世紀與畢卡索的畫對談了！

耶穌當年編寫了許多文辭優美的祈禱詩，讓他的門徒和追隨者們心神嚮往；而佛教大藏經經文在數以千百萬字長行文中間穿插著各種層次的詩偈，如明燈般引導著信徒。《我沒有話要說》正如字面上的意思，不說不說，你讀你看，都市人不妨喘口氣，吟嘯且徐行。

評論四：說不說

郭蕙鳳

「我沒有話要說」，為何卻滔滔不絕？說的讓人感到頭昏眼花，推敲不停；童詩就是童詩，為何還指定要給成人看？我不懂！唯一懂的是，閱讀《我沒有話要說》過程中，我一直有話想要說，說我的認同、我的高興、我的憤怒，更多的是我的質疑，而當所有都說盡了，會怎樣？

我一直以為童詩就是趣味性、韻律性、精練性高的文體，最重要的是要能夠寫進兒童的心坎裏，與兒童產生共鳴，因此簡單來說，童詩就是作者的「童心」。若以此標準，周慶華老師的這本《我沒有話要說》肯定完全被我摒除在童詩的國度外，在平鋪直敘的文字底下，包裝著最尖銳意圖，刺激著讀者們的每一條神經，首當其衝的腦神經常常棄械投降，也許混沌是保護人類最好的屏障。基於這樣的理由，我想我會堅決反對讓天真又無邪的兒童閱讀這樣一本具有強力殺傷力的書籍，純真年代已喚不回，又何苦在傷口上灑鹽？但不知是周老師的巧思還是狡詐，竟然在題目旁邊加上了「給『成人』看的童詩」，讓我在上述所謂的堅持面臨了考驗；不過，難道成人讀的詩就不可以是童心，而要變成「成」心嗎？而成熟的心又該閱讀何種童詩？這本詩集再次驗證了「戳破了夢幻的泡泡所裸露出的赤裸肯定會變成下次成長的華服」，我總以為童詩可以為兒童保留一個不被污染的世界，可以為成人打造一個「仿」童年的新世界，讓被世界給薰黑的心有了可以恢復彩色的契機，我一直極力阻擋黑暗的入侵；而周老師則選擇一個反其道而行的方法，既然世界有黑暗污穢的一面，索性放大它吧！渲染到某一個境界，黑已經不是黑的時候，彩色的世界會降臨吧？當然只是我的臆測，但閱讀這本詩集卻真正提供一個讓黑色世界的我和彩色世界的我相遇的機會，或許我該去承認黑的存在，也只有黑暗才能去襯托彩色的絢麗，並且讓人們因為珍貴而更加珍惜。另外，與其蒙住自己的雙眼去期待一個人造的美好，學習和黑暗和平相處也是認識這個世界的途徑之一，多元視角也能增添世界組成的彩色因子。但我還是希望童詩可以帶給人們歡樂，所以如果是我為此書命名，我會把給「成人看的童詩」中的「童」字拿掉，或許如此一來，就失去這本詩集的獨特性與老師的用心良苦，我也無法因為受困於這幾個字中而逼迫自己去思考，進入另一個從未深思的層次。可是這是我的堅持，就如同老師對這一本詩集中每一個字詞的堅持一般，雖然我不曾問過老師為何如此命名，但深不可測如老師，我相信他的生命熱度是刻劃在他的字字珠璣中，那一起好好共存吧！黑暗與彩色也可以快樂相容，交會時的火花將會是成長的開始。

看完這本詩集後，會馬上發現一個與一般童詩很不一樣的地方，那就是大部分的詩幾乎都是以動物擬人後的發聲呈現，很少是直接以人的口吻而寫成的，儘管之前所讀的童詩也為數不少運用到擬人的技巧，但童言童語的真人語氣所佔比例仍居多，引起我自我解讀為這是牽扯到「權力對等」的關係。凡是以生命的形式存在於地球上的物種，關係著最重要的生存問題，我覺得彼此都有著不同權力的區分，物種與物種之間，同一物種之內，這種現象都是不可避免的，而許多的恐怖、污穢、血腥的殺戮也跟隨著變遷與進化不停重複著，弱肉強食的似乎是個永不改變的定律。權力的不對等往往不如表面般的單純，它涵括的範圍無邊，如同身為老師請學生繳交作業，但這份作業卻是老師的作品要讓學生進行評論，學生無權力拒絕老師的要求，但卻有權力抱持著「作者已死」的觀點再創作，在這一來一往間，權力有著微妙的化學變化，所產生的實驗結果自然也令人玩味。而在上一段對於兒童與成人的討論，其實其中也有牽扯到權力的議題，究竟是那一種人有權力閱讀童詩？以及那一種詩有權力掛上「童」這個字，若以權力對等的角度出發，所得到的答案又將大有改變。在這本詩集中有許多關於權力不對等的例子，但我看到了作者極力想推翻這道促使生物們彼此分化的藩籬。身為「人」的我們，總以為我們是高高在上，主掌一切，殊不知這包裹的自大與自卑的任性妄為，無形中傷害了多少的生命體！作者將人性中的一切行徑隱身在不同的物種體內，這般「紆尊降貴」想必可以讓人類因為被污辱而有了省思的機會吧！看，連「紆尊降貴」這僅僅四個字，所蘊含的權力變化就不容輕忽。以動物發言的童詩中，又以「猴」的出現次數最多，使得嘲諷人類自以為是的意味更加明顯，畢竟打從達爾文提出生物演化論而至今仍餘波盪漾，正可說明猴與人之間的關係始終耐人尋味。成為動物代言人的作者，對比於辛辣筆觸下有一顆給予萬物最深層關懷的心，讓我們去反思在高度物質欲望的塵世中，除了陷入消費的循環進而逐漸透支，不論是眼前可見抑或是看不到的未來，我們到底還做了些什麼？不過，我卻發現了一個弔詭的地方，在〈狐狸淪落記〉一詩中，作者在附記中提到此詩是有感而「仿擬」的，既然說是仿，那麼就代表這是人造的意思，也可以說這般斤斤計較似乎會進入莊子與惠施「濠梁之辯」的詭辯中，但在權力對等的翹翹板上孰輕孰重，卻值得再三思索。

寫給兒童看的童詩往往是取材於現實生活，才能寫得生動，觸人心絃；而寫給成人看的童詩也必須是有關乎這人生百態，才能深刻難忘；而《我沒有話要說》這本小詩集卻包羅萬象，不論是眼見為憑的詩句或是藏在字句背後的深意，那所引伸出無法完全掌握的千萬思緒，卻讓我咀嚼再三。〈長頸鹿的日記〉刻劃出的是長頸鹿與無尾熊玩偶的爭寵之戰，卻也蘊涵人們對於愛情的渴望，或者是說對於所有事物的執著追求，往往憑藉的一股熱情而橫衝直撞，似乎要感受到傷痕累累才能證明自己的存在，學習如何「放掉」遠比緊緊抓住困難許多，世上又有幾人能像睿智的長頸鹿毅然決然拋開一切退出不斷的爭戰？而〈禪的世界〉、〈猴子落難記〉、〈狐狸淪落記〉、〈也是戰場〉、〈獼猴的告白〉等詩，都是控訴人為的恣意迫害與破壞，造成原有動物賴以生存的空間支離破碎，逼得這些動物不得不藉由一些本能攻擊行為展開反撲，讓人們發現「尊重」這個他們老是掛在嘴上卻從不兌現的承諾。被其他生物報復固然不是一件好事，但如果因為為此而有所覺悟，我想這可以稱得上算是「好」事吧！而且勇於做一個遵守諾言的「人類」，如同縱使現在的生存環境如何險困，作者依舊義無反顧堅持當動物們的代言人，為他們請命，並且在詩尾總不忘描繪出還是懷抱希望的未來，儘管舉步唯艱，還是昂首闊步！身陷低潮困境的人們，你們可有這樣向前的勇氣？〈蚊子和耳朵的對話〉、〈大象殺人〉則是兩首作者根據已存在的故事、新聞進行創作的童詩，看似荒謬可笑，卻有豐富的人生哲理蘊藏其中，如大象是因為受不了噪音而殺了人，原因是因為牠無法開口去制止吵鬧不已的男子，不過最後犯了錯的大象竟頭也不回走去警察局，雖然我也不知道牠是否要負荊請罪，但從牠的行徑來看似乎「有所覺察」，並非如我們所認為其他動物都是只依靠本能生存而從不思考，甚至還懂得勇於負責。倘若大象真的開口了，牠會說出什麼驚人之語？進入警察局的大象究竟想要做什麼？是否學會分別殺一個人和踩死一隻老鼠究竟有什麼不同？況且殺死一個人和踩死一隻老鼠真的有什麼差別嗎？我的腦袋轉個不停，卻發現了更多的疑問。人類之所以可以自詡為萬物之靈，是在於我們可以靈活自如的思考，如果不會思考，我們怎樣擁有有意義的行為、活動？這是上天賜給人們最珍貴的禮物！如同滾雪球一般，思想撞擊思想會產生更多新的思想，源源不絕、生生不息！我發現「我思故我在」真的不是一句空話而已！也許有人會質疑「想這麼多」真的有用嗎？甚至直接加以否決，我覺得這或許是他們並不是真的了解「思考」背後的真正意涵，「想」它不是一種幻想，更不是一種妄想，它有更積極層面的意義，就是支持「行為」背後的強大動力。我們不需要總是贊同別人的想法，但藉由咀嚼、懷疑，甚至是反駁的思考歷程，都能幫助我們更了解自己！更能掌握自己的人生！

詩不單單只是富含教化性或是啟發人心的功能，有時輕鬆愜意的小品，在備感壓力的現代生活，往往具有清新卻雋永的療效。〈花的聯想〉這樣一首不具任何震撼和殺傷力的小詩，卻讓我逗留最久！吟誦著，愈覺得詩所營造出的氛圍愈來愈廣闊，似乎也道盡了「一沙一世界，一花一菩提」的禪意！任何事物只要以有情的眼去看，都別有一般滋味在心頭。作者以溫暖的心、細膩的筆和最深刻的感受帶領讀者進了平凡的生活，卻發現原來平凡也可以這麼的愉悅，並且充滿無限想像與驚奇！〈漣漪〉則再次引領我回到了青澀的國高中時期，那個什麼都可以是秘密的情感敏感期，對於任何事物都小心翼翼呵護，尤其是情竇初開的單戀，總害怕一絲絲的風吹草動會驚動了尚未萌發的愛苗，現在才發現根本是庸人自擾，只是心湖起了化學變化，吹皺了一池春水，漣漪一圈、兩圈、三圈蔓延開來。〈我坐在東海岸上〉、〈黃金海岸〉則霸氣地覽括臺東的好風光，人放假不代表心也跟著放假，心放假處處都是美景！我逼迫自己暫時卸下生活瑣事，並且按圖索驥，跟著作者瀟灑不羈的腳步，我再一次遊山玩水，打開記憶的寶盒，快樂歡笑橫衝直撞，今天心放假囉！〈資優生〉、〈新生訓練〉、〈開學第一天〉、〈校外教學〉、〈補遠足〉、〈訪客〉、〈送舊晚會〉則是一系列敘述動物學校發生種種趣事的童詩，看著一首首詩，既獨立又相連，就猶如看著一部慢速播放的卡通影片，感覺好像叨叨絮絮，但在細膩的影片處理卻是前後呼應、首尾連貫，詩在我的腦海不再是以靜態的方式呈現，而是連續畫面生動活躍。人生──不也是一部影片嗎？不！或者說是一首詩吧！

我已經說了我的認同、我的高興、我的憤怒，更多的是我的質疑，而當所有都說盡了，會怎樣？我想我也沒有話要說了！

評論五：屬於成人的童話

黃鈺婷

很榮幸有這個機會為周慶華老師的新作寫詩評。其實剛接獲這項任務時，內心萬分惶恐，自知書唸的不多，才疏學淺，真有辦法完成這項重責大任嗎？為什麼周老師不找其他文學造詣較高的學生來寫？或許是我有什麼地方讓周老師覺得可取滿意的吧？既然如此，我也不要辜負老師的一番心意，盡我所能地完成這項「不可能的任務」。

我所讀不多，無法廣用文獻資料，只能盡量以我閱讀的心得或感觸來發揮延伸，還請知識廣博的各位海涵！

周慶華老師是我們系上的副教授，因為我就讀師院體系，稱呼教授為老師是我們臺東師院體系的習慣，也是我們拉近與教授之間距離的一個方法，因此我在本篇詩評裏皆以周老師稱呼之。

從大一至今，我修過不少周老師開的課程，計有「兒童文學」、「思維與寫作」、「生死學」、「紅樓夢」、「臺灣文學」五科，對於周老師的為人處世有一定程度的了解，他是一位外冷內熱、才華洋溢的好老師，儘管外表予人冷漠匆促的感覺，但文人的細膩心思與敏銳善察終究是藏不住的，從他的作品——《我沒有話要說》就是一個例子——以及與學生的互動便可察覺蛛絲馬跡。印象最深的事在我大一下學期，和室友一起去簽約房子，毫無租屋經驗的我們，不僅在周老師的陪同下完成簽約手續，周老師還很仔細地幫我們核對契約，為我們向房東爭取應有的權利，真的是一位難得熱心的好老師，頗有文人「濟弱扶傾」之姿。

何謂「給成人看的童詩」？在周老師的著作裏找不到定義，只有扉頁題辭那一段似是辯證的文字，然而定義還是沒有在那段辯證當中豁然開朗，一句「我沒有話要說」讓一切嘎然靜止，留下一頭霧水的讀者們。其實，作者大有能力闡明他所謂的「給成人看的童詩」之定義，然而說透了一切，總覺得會破壞那隱隱約約、呼之欲出的韻味，不如不要多說的好，留空間給讀者自己去揣測思量。這是作者的用心，也是作者的狡黠，我們想盡辦法欲揭開薄紗看清薄紗底下的人，那人卻在薄紗之後盡情賞玩我們的反應。

《我沒有話要說——給成人看的童詩》，這名字下的好，既然沒有話要說，那就不必多作闡釋，既可避免因為闡釋而破壞韻味，又可同時吸引孩童和成人兩者的目光。針對「給成人看的童詩」這個小標題，我自己有兩種不同的解釋：一、無論是成人還是孩童，都有翻閱本作的資格。童詩本來就是寫給兒童看的，兒童本來就具有欣賞童詩的權利，這是無庸置疑，不過現在又好了，童詩前加上「給成人看的」這五個字，結果不僅孩童，連成人都有欣賞的權利了。作者巧妙運用標題將閱讀範圍擴大，達到幼童與成人閱讀兩相得宜的效果；二、對象鎖定成人，只寫給成人看的詩，因為詩中蘊涵的道理和必須具備的理解背景是成人才有辦法領會的。至於稱作「童詩」，原因在於所蒐羅的題材和寫作風格，純粹地像從孩子的眼光看世界一般，頗有童心賞玩的興味，因此題為「給成人看的『童詩』」，事實上也只給成人看的，請成人跳脫人的觀點，以動物的眼光、孩童般輕鬆玩味的心看待這個世間的情形，甚至悲劇。

我沒有話要說，真的沒有話要說嗎？實際上說了好多。詩即是話，不多作註解而已。此外，話非人語，而是「動物語」。詩集中多數詩篇從動物的角度出發，描寫牠們的心聲。因為以動物的眼光看世界，所以觀點往往令人意想不到，頗有挑戰人類共識的興味，甚至有矮化人類、娛笑人類的嫌疑：〈猴子落難記〉中，鐵剪是人類對獼猴的詛咒，人類殘酷無情的表現；〈也是戰場〉中，農民為驅離猴子，將果園搞成猴子眼中的不夜戰場，猴子彷彿借詩控訴人類的小題大作；〈猴子要改運〉裏可愛的猴子阿丹，早已公眾人物上身，為了博版面得虛名，演戲矯情不成問題；〈獼猴的告白〉中，獼猴偷吮乳汁不是罪，誰叫牠們是最新的難民，人類卻要對可憐的難民復仇；〈斑馬〉翻案，誰說黑白條紋服是恥辱的象徵？那可是折煞所有囚犯、奴隸以及猶太人、吉普賽人和你想得出來的下等人的優雅妝扮哪！這些詩不僅有趣、另類，還提供給我們不同視角的思考。人與人之間何嘗不是如此？只要觀點不一，視角不同，就很容易像詩中的動物與人，呈現對立的局面。

還有許多是描寫現象，或是將現象延伸，寫成趣味性十足的詩篇，例如：〈花的聯想〉，在臺東金針山上，足以找到作者所提及的，一段自然與自然的戀愛；〈蚊子和耳朵的對話〉，以非洲流傳的故事為腳本，作者以豐富的想像，賜給蚊與耳一樁不可能的婚姻；〈交通工具的故事〉，作者以巧妙的轉換連結出一句頑童般的黑色幽默；〈東狗吠雷〉，臺東一隻不知名的狗兒朝著雷響處狂吠，看在作者眼裏，牠不是沒膽被嚇到才吼叫的，牠不過在模仿「蜀犬吠日」而已；〈請聽我們的心聲〉，遭遇慘烈的菩提樹，它們要訴說的不是慘烈的心聲，而是被作者諧化的好心，趕緊告訴替它們灌溉的小狗兒，你可能得糖尿病了；〈問將〉，為什麼司機先生要開快車？可能車上沒有美女的關係吧……這類作品在詩集中為數不少，作者善於風趣詼諧的手法，以平凡表不凡，不過換個說法，作者就能將視野變得更加遼闊，詩的趣味也大幅提高，此為作者的巧手匠心，也是這部詩集的魅力所在：〈土石流〉，一反災害的可怕姿態，訴說自己才是受難的存在，還有值得我們省思的內容；〈颱風〉，所謂的雨過天青，原來是一場拉鋸戰後的老謀深算；〈訪客〉，當動物們對迷你馬陷入遐想的時候，只有獅子校長可以把持著宣布令大家心碎的結果，因為……〈河邊風光〉，你聽過牛破戒的嗎？牠們不過天生吃草而已；〈河邊風光續曲〉，從臺東市區豐里橋往下看，四頭水牛正圍著一隻白鷺鷥理論，最後窩囊地栽在白鷺鷥手裏；〈泥燕的迴響〉一句「直到我們寫對了為止」，頗有詩人擇善固執的拗脾氣；〈我的志願〉，令人聯想起李喬的小說〈告密者〉，不過沒有詩作的輕鬆有趣。此外，每一首詩都搭配一幅適切溫馨的插圖，不僅可幫助讀者對於文字的理解，更增添此詩集的豐富和色彩。

生活就應該充滿樂趣，周老師以他過人的多樣視角觀看周遭的事理，珍惜那些近在眼前卻容易忽視的題材，才會有這樣一部精彩可觀的詩集。當我們面對一件嚴肅或是自以為理所當然的事情時，周老師的詩作可以帶給我們不同視角的解讀和會心一笑的幽默。

插畫者的話

周怡賢

初聞要執筆寫這個插畫者的話，其實從頭至尾都是相當排斥，覺得身為一個自認為是藝術家的人無須同文人雅士般咬文嚼字地寫出一些長篇大論自以為是的東西出來，但因作者本人再三催討，故於極倉促的情況下撰寫此篇感言。

開始繪畫之路已近八年歷史，嗯，感謝自高中以來畫室與大學美術系的磨鍊，讓我找到人生的方向，即便現在的作品仍未臻非常成熟，但我亦努力於藝術創作，期望能做出更好的東西。說到為此本詩集畫插圖的事宜早在近一年前就已聽聞，直至現在書千呼萬喚始出來才終於將內頁繪圖畫完，就我所知，作者或是我自己都對作品相當要求，對於作品常有諸多不滿反覆修改，但這回卻在頗快的速度下完成所有繪圖製作，或許是與這本書我想呈現的是一種簡單明晰的感覺有關吧！因此相較於自己畫油畫的方式大不同。閱讀此書感受到的是一種「溫和有禮的批判」與「對逝去回憶的嚮往」，不慍不火的表達對這個世界的感情，以充滿畫面性的手法構築社會現實的天地。也許是為「童詩」的緣故，故文字語言都較作者之前的作品淺顯簡樸許多，而在為此書繪製插圖的過程中亦有一個盲點，肇因於內文數次提及各種動植物，遂易予人感覺像是「動物圖鑑」的觀感，如何避免此一弊病是首要的問題。當中六十幾篇詩我個人最欣賞的是在「我沒有話要說」的前幾篇像是「校外教學」、「補遠足」等，內容上突破一些傳統新詩的格局，擬人化的模式寫來相當自然流暢，全書充塞著為大自然發聲的理想情懷；若要吹毛求疵地說，我覺得美中不足之處為其中幾幅篇章的內容重複性略顯稍高。

綜觀市面上詩集琳瑯滿目，不外乎大都是抒發個人想法情感、傷時感懷之作，但當中有附上插圖的畢竟不在多數。本書以誠懇且不落於俗套的態度寫作，無華麗辭藻的堆砌，回歸新詩的本來面目。此次希望以簡單的明暗與線條勾勒，刻劃出我看這些詩句的感覺，亦期望對於這本書有小小地「加持」效果。

唔，繪畫高於一切！

二〇〇六年十二月二十九日於成大宿舍

後記

既然扉頁題辭已經說到「我沒有話要說」了，為什麼還要寫這一篇後記？很明顯的，比起內文大辣辣的說了一大堆，現在這種「莫此為甚」的弔詭性如何也擺脫不了。但我卻得以「不得已」的心情來面對自我設下的困境！也就是說，有人在發問，而我必須回答，才能勉強停止彼此的「疑惑相對」。

「你為什麼又要弄一本詩集，而且是寫給成人看的童詩？」知道我寫作近況的朋友幾乎都以這個問題開場。那我該怎麼說？「好玩吧！」這是我最容易擠出來的一句話。但顯然對方並不滿意！他們多半會撇撇嘴、皺皺眉，然後再吐出一串話：「多才多藝哦！小心寫太多了被文字淹沒……」看吧！說了老半天，對方並不是有心要了解詩集的內容，他們的「隨口問問」就只是個典型的外交辭令而已。

然而，我是不是也該住嘴了？關於詩集本身是得這樣的；但我卻還想藉題發揮一下。平常不知道被問過多少遍這類的問題：「你為什麼還不升等？」言下之意是我持續寫詩都不及升等來得迫切而重要。這的確是我多年來最感難以回答得「好」的一個問題，前前後後已經想出了幾套答案在「看人給」。

「我對升等沒興趣。」這是用來應付初識的朋友的。

「升等制度有問題，我不喜歡。」熟識的朋友通常會得著這樣的回應。

「等我退休再說吧！」熬不過再三逼問我的長輩，就會跟他開個玩笑。

「下輩子我會認真考慮這個問題。」當有表情嚴肅而等待我「給個交代」的晚輩來訪問時，這可能是我最真誠的說法了。

其實，以上這些都不足以表達我的「心意」於萬一！我真正想說的是「會審到我的著作的人，都不如……」卻很難啟齒。以前跟主編過《臺灣新生報》副刊的林期文先生有過一段受邀稿的「知遇」（當時他正在編《大眾週刊》），在一次閑聊中我問及他主編副刊那麼多年、也當文學獎評審很多次，為什麼自己不也寫些文章？對方瞪直了眼，激動的說：

「我寫，誰來評我？」

這說的真好！而從那句鏗鏘有力的話中，我聽出了那並不是說沒有人能評他的文章，而是說他根本還不準備要瞧得起別人！

每當有人在升等與否的問題上一定要我「表態」時，我就會想起林期文先生的話；只是他的口吻怎麼學也學不來。

「你寫那麼多書，為什麼還不提升等！」曾經同事過的一位林姓教授，在一次餐會中又這般不識趣的帶點「教訓」的語氣問我。

「寫書又不是為了升等！」我當下也不客氣的回了他一句。

我沒看他的表情，但可以料到他在眾人暗自「冷笑」的氣氛中不會太自在。是啊，我又怎麼了！為了一個升等問題就得這樣一再的「槓」人？說實在的，我也不願意跟這個世界過不去呀！誰教……又要想起一個人了：他是頗為愛護我的文史哲出版社老闆彭正雄先生。每次碰面，彭先生都會提醒我：「趕快升等呀！」他看我猶豫了一下，又說道：

「論文拿來我給你印。」

「我已經出了很多本……」我囁嚅的說。

「那就提呀！」他似乎比我還心急。

我又試著找出一些理由諸如「人生有點缺憾比較好」之類的向他表白，但他總是不同意；臨別時又頻頻的跟我說：

「人生要完滿的好！人生要完滿的好！」

這種「完滿」的福分，對我來說可能今生都無緣消受。倒是佛瑞曼（J.Freeman）等著《兒童敘事治療》一書所提到的「不完美的人生比較自由」，會是我繼續引以為座右銘，而向所有關心我的朋友坦誠致意：

「饒了我吧！別再問我來世才想去傷腦筋的升等事了。」

隨便一說，就扯出這一大段故事，恐怕有人也要藉題發揮說我「原來你就是有話要說嘛」。也許吧！不然「後記」要記什麼？不過，最後還是要感謝崇生兄給本書寫序以及意爭、靜文、婉婷、蕙鳳、鈺婷幾位朋友給本書寫評論，他們讓一本原有點單薄的詩集突然間豐富多彩了起來。而小女怡賢老早就跟我預約要畫插圖，現在她的專長終於派上了用場，以後她大概不會再嫌我的書「都」缺少美化了。

周慶華

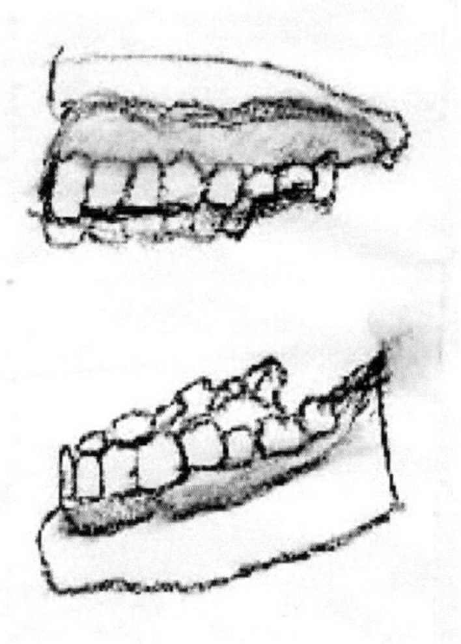

國家圖書館出版品預行編目

我沒有話要說—給成人看的童詩 / 周慶華著.
-- 一版. -- 臺北市 : 秀威資訊科技, 2007[民96]
面 ; 公分. --(語言文學類 ; PG0125東大詩叢4)

ISBN 978-986-6909-48-1(平裝)

851.486 96004807

語言文學類 PG0125

東大詩叢4:我沒有話要說—給成人看的童詩

作　　者 / 周慶華
發 行 人 / 宋政坤
執行編輯 / 詹靚秋
圖文排版 / 林世峰
封面設計 / 周怡賢、莊芯媚
插 畫 者 / 周怡賢
數位轉譯 / 徐真玉、沈裕閔
網路服務 / 徐國晉
出版印製 / 秀威資訊科技股份有限公司
台北市內湖區瑞光路583巷25號1樓
電話:02-2657-9211　傳真:02-2657-9106
E-mail:service@showwe.com.tw
經 銷 商 / 紅螞蟻圖書有限公司
台北市內湖區舊宗路二段121巷28、32號4樓
電話:02-2795-3656　傳真:02-2795-4100
http://www.e-redant.com

2007 年 3 月　BOD 一版
定價:240元

讀　者　回　函　卡

感謝您購買本書，為提升服務品質，煩請填寫以下問卷，收到您的寶貴意見後，我們會仔細收藏記錄並回贈紀念品，謝謝！

1.您購買的書名：＿＿＿＿＿＿＿＿＿＿＿＿＿＿＿＿

2.您從何得知本書的消息？

□網路書店　□部落格　□資料庫搜尋　□書訊　□電子報　□書店

□平面媒體　□　朋友推薦　□網站推薦　□其他＿＿＿＿＿＿

3.您對本書的評價：(請填代號　1.非常滿意 2.滿意 3.尚可 4.再改進)

封面設計＿＿　版面編排＿＿　內容＿＿　文/譯筆＿＿　價格＿＿

4.讀完書後您覺得：

□很有收獲　□有收獲　□收獲不多　□沒收獲

5.您會推薦本書給朋友嗎？

□會　□不會，為什麼？＿＿＿＿＿＿＿＿＿＿＿＿＿＿＿＿＿＿＿＿

6.其他寶貴的意見：＿＿＿＿＿＿＿＿＿＿＿＿＿＿＿＿＿＿＿＿＿＿

＿＿＿＿＿＿＿＿＿＿＿＿＿＿＿＿＿＿＿＿＿＿＿＿＿＿＿＿＿＿＿

＿＿＿＿＿＿＿＿＿＿＿＿＿＿＿＿＿＿＿＿＿＿＿＿＿＿＿＿＿＿＿

＿＿＿＿＿＿＿＿＿＿＿＿＿＿＿＿＿＿＿＿＿＿＿＿＿＿＿＿＿＿＿

讀者基本資料

姓名：＿＿＿＿＿＿＿＿＿＿＿＿　年齡：＿＿＿　性別：□女　□男

聯絡電話：＿＿＿＿＿＿＿＿＿　E-mail：＿＿＿＿＿＿＿＿＿＿＿＿

地址：＿＿＿＿＿＿＿＿＿＿＿＿＿＿＿＿＿＿＿＿＿＿＿＿＿＿＿＿

學歷：□高中(含)以下　□高中　□專科學校　□大學

□研究所(含)以上　□其他＿＿＿＿＿＿＿＿

職業：□製造業　□金融業　□資訊業　□軍警　□傳播業　□自由業

□服務業　□公務員　□教職　□學生　□其他＿＿＿＿＿＿

請貼
郵票

To：114

台北市內湖區瑞光路 583 巷 25 號 1 樓

秀威資訊科技股份有限公司　　　收

寄件人姓名：

寄件人地址：□□□

(請沿線對摺寄回,謝謝!)